U0028342

# 初 戀，
# *Never End*

*by* 袁晞

# 楔子

我永遠都記得那次深呼吸。

吸氣的勁力大到我懷疑自己會不會不小心把附近正在飛舞的小昆蟲一併吞了下去。

「楊在軒，我喜歡你。」

雖然事先曾經偷偷幻想過，但實際上脫口而出的瞬間卻依然顫抖不已，手心冒汗。更糟的是，我還臨時興起多說了一句楊在軒應該不懂也完全超出自己預期的話——

「——雖然喜歡，但我沒有要和你交往。」

我到底在說什麼？！那我幹嘛告白啊？！語氣平靜的我在內心上演著狂抓自己頭髮還伴著尖叫的劇碼。

都是亮亮的錯！我一定是中了亮亮的毒！

要不是她整天亂說什麼告白跟交往是分開的，我才不會——

楊在軒果然露出不甚理解的表情。

他側著頭，過了一會兒，展現笑容，「剛好……我現在，沒辦法跟妳交往。」

再怎麼善意去看，都覺得這句殘酷的話不該配上那無比強大的爽朗微笑。雖然眼神裡透著歉意，但過於美好的笑容使人有種把話消音之後重上字幕會變成：「其實我也喜歡妳很久了」這種恐怖的錯覺。

我永遠都記得那一天。

不只是因為這輩子第一次告白失敗得可笑，更是因為我自己竟然毫無預警地脫稿演出；當然，拒絕我的對方在耀眼奪目的燦爛陽光下展現了比太陽更耀眼更明亮更令人難以直視的閃亮亮笑容也是令我不得不記住這丟臉一刻的原因之一。

那種殺傷力十足的笑容不是在把妹時才派得上用場嗎？

跟打槍氣質美少女（誤）神聖初戀的情景一點都不搭。

不過，

我緊緊攥著拳，忽然意識到楊在軒的話──

**剛好……我現在，沒辦法跟妳交往。**

這麼說來，我那句中毒後脫稿的──**雖然喜歡，但我沒有要和你交往。**

其實算是替自己挽回了一點面子吧？

總比說了請和我交往後被拒絕來得好，不是嗎？

我一句話也沒說，在心裡想著。

楊在軒看著我，保持著動人無比的笑容，「雖然現在沒能交往，但謝謝妳。」

「嗯。沒關係。」我是那樣說的，「之所以告白並不是想要獲得什麼結果，只是覺得不說出來，卡在胸口很不舒服。」冷靜！我要冷靜！

他的笑容更深更美好了，「我一直覺得妳很特別，果然。」

因為我是第一個主動告白後又說不要交往的女生對吧？唉。

「……這算是安慰嗎？」

「不，這不是安慰。」他認真地說，「我不太會安慰別人。不過，同班的這段日子裡，我真的覺得妳很特別、很可愛。如果不是因為某些理由——也許我們就能馬上交往。」那雙深邃烏黑的眼眸之中，寫著一種我無法理解的情緒。

之後到底說了些什麼其實印象隨著歲月過去逐漸變得淡薄，但不知為什麼在學校操場告白的那天夏日午後陽光在回憶裡比任何一天都還要燦爛，而站在那棵老榕樹下的他那殺傷力超強的笑容即使在多年後也依舊如此清晰。

或許是因為他那一句「如果不是因為某些理由——也許我們就能馬上交往。」而使得那次的告白無法被完整劃下句點，帶著某種隱秘的幻想與期待，就這樣進駐在我的心中也說不定。

更糟的是，似乎隨著青春流逝，這段回憶帶著追憶的情緒而更加鮮明，它化作了短暫夢境頻繁來訪。夢裡的男孩穿著白色襯衫，爽朗清新的笑容美好得讓人彷彿有種世界即使在下一秒粉碎也無妨的錯覺。

## 01

手機畫面一再跳出提示。為了策劃這場相親陰謀，我上司兼高中大學同學的老媽光是今天就已經傳了七、八通LINE給我。

從兩個星期前楊媽媽就不停不停地騷擾我……

——相親？

——對啊，妳也知道我們在軒超討厭相親的，上次好不容易約到了東方醫院院長的千金，結果他竟然放鴿子。所以如果直接告訴他是相親，他一定不肯的。

——那……要設計他？

——妳就假裝拗我們在軒請妳去吃義大利菜，然後妳一定要指名那家FIRENZE喔！進了餐廳之後，妳就「不小心」發現我跟那位小姐正在用餐，接著只要帶著在軒走過來就好啦。

——呃，可是，我好像沒什麼理由要拗楊在軒請客耶。

——哎唷樂樂妳怎麼這麼天真啊？就說妳工作很累什麼的，而且上司請下屬吃飯哪需要什麼特別理由啊？就這麼說定了喔。

——這樣啊……可是楊在軒不會發現這是安排好的嗎？

——不會啦，在軒知道我一向不吃義大利菜，所以一定沒想到會在FIRENZE碰到我跟那位小姐的。

——……好吧，我知道了，我會努力試試看的。

——謝謝妳呀樂樂，多虧有妳幫忙，呵呵，妳真是我們在軒的好朋友。

「余樂樂小姐。余樂樂小姐。余樂樂！」

「啊？」我握著手機，大夢初醒，看著眼前的目標人物楊在軒。「你叫我？」

楊在軒彎腰湊近我，鼻尖對著我的鼻尖，「妳在做什麼白日夢?連叫妳好幾聲都沒回，在想男人啊？」他直起身，「走吧，從昨天就開始吵著要我請妳吃飯，我好不容易把午餐會報排開了，要去就快點吧。」

這傢伙一臉施恩於我的樣子，看了就討厭。

「好啦好啦，沒看到我正在拿包包了嗎？」這時手機又傳來一通LINE，楊媽媽和相親對象已經到了。

「話說，妳這幾天手機好像訊息不斷，就連在開會時也響個不停，跟哪個男人情話綿綿啊？」

如果是男人就好了，可惜那個用訊息騷擾我的人是你媽。

我白了楊在軒一眼，「並沒有什麼男人。」

「不會吧妳。再過兩年就三十了，妳還不把握所剩無幾的青春，這樣可不行。」說就說，還一邊搖著手指。

「那你就介紹好男人給我啊。」我從座位起身，揹起皮包。

「那不行。」

「為什麼不行？」

「因為以我的標準來看，這世上除了我之外沒有其他好男人了。」楊在軒突然攬住我的腰，「還是，妳也要排隊跟我談戀愛？」

「……楊在軒，我警告你這裡是公司，而且我不當無知少女已經很久了。」雖然認識這傢伙已經十幾年，但只要每次和他目光相對，心跳多少還是會亂個幾拍。

「真可惜，沒想到我被拒絕了啊。」他鬆開手，摀住自己的胸口，「我的心好痛。」

「……走吧走吧去吃飯吧，吃飽就不會痛了。」我決定跳過這個永遠不會有任何進展的話題。

FIRENZE 是家貴到令人恐懼的高級義大利餐廳，隨便點份套餐就好幾千，更別說還要選酒了，若不是託這場相親陰謀的福，我大概十年都不見得會來一次吧。一面故作輕鬆的走進 FIRENZE，一面用眼角餘光逡巡，沒想到服務生才剛說完請往這邊走，就聽到了楊媽媽刺耳的招呼聲。

「哎呀！怎麼這麼巧？！」特意選了一張靠走道邊的四人桌，想不路過都很難，楊媽媽霍地站起，激動地朝著我招手。

楊在軒以寒冰般的眼神看著我，以口形呢喃，「幫兇。」

呃，果然還是被看穿了。

今天楊在軒的相親對象可說是有史以來最強大的一次，眼前這位名媛在談話性節目上曝光頻繁，是某家金控的千金。不但家世背景一流，而且頂著美國名校的高學歷和不輸名模的身材樣貌，簡直就是女神般的人物。

話說回來，這種等級的女神，為什麼需要相親呢？

我真是不懂。

就像我不懂像楊在軒這種人為什麼需要相親一樣。

那頓午飯簡直就是楊媽媽一人的舞台秀。先把女神小姐誇讚得有如智慧與美貌並重的仙女下凡，接著把楊在軒說得好像英雄與俠義的化身這樣，雙方根本就是難得一見十全十美的超級完美基因人類。想到這裡，好像會覺得楊媽媽似乎過度天真，但她在話中三不五時就向女神小姐強調我只是楊在軒的高中同學兼助理，別無其他，在這種小地方上的用心，又讓人覺得楊媽媽並不是毫無大腦。

午飯結束前，為了讓場面不要太過於「相親」，於是楊媽媽要我們「三個年輕人」互加 LINE 好友。還真是細心，把我算進去之後，這就更像是普通聚會而非刻意安排的相親了。問題是，我到底幹嘛要加女神小姐為好友呢？唉唉楊在軒你一定要以加薪來彌補我精神上的損失才可以。

「……妳什麼時候變成我媽的共犯了？」回程的路上，楊在軒冷冷問道。

「我一直都是她的共犯啊……」

「我以為妳最近收斂一點了，沒想到還是搞不清楚自己的上司是誰。」

「我知道，你就是我的上司，問題是你媽是你上司的老婆，是我上司的上司的太太，跟你比起來，還是她比較可怕。」我諂媚地笑道，「你大人有大量，會體恤我是被惡勢力所逼的喔？」

「哼。」

「哎唷，我也不想暗算你。誰教你一直不正正經經交個長期女友，你以為來吃這種午飯會好消化嗎？我也是千百個不願意嘛。」

「妳有資格說我嗎？光是去年我的女朋友數字就比妳過去十年來的男朋友還多。」

「炫耀鬼。問題是那麼多個女人沒一個是你要娶回家的啊。拜託你行行好，隨便選一個吧，不然以後這種機會還多著呢，你又不是不知道你媽的個性。」

「我不是說過了嗎？等到我們三十五歲都還單身，我就把妳娶回家，完成妳高中時代的心願。」

「你少來。如果真是這樣，那我死也要在三十四歲的最後一天結婚。這種無聊的事拜託你不要老是掛在嘴上，而且我從頭到尾都沒說過我三十五歲時願意嫁給你。」

「不然三十六歲？太老結婚會變高齡產婦喔。」他握著方向盤，「還是說先生兩個孩子再登記結婚也是可以的，這部分就按妳的意思辦。」

什麼叫「就按我的意思辦」？

真是，怎麼接話都很怪。

「……你不要看不起我，我一定會嫁個好男人給你看。」

「好男人不就是我嗎？妳一直把未來老公推到別的女人身邊，太奇怪了吧。」

「你一直重複三十五歲結婚的老笑話才幼稚咧。」

他拉下手煞車，看著我，「余樂樂，妳怎麼知道我不是認真的？」

「兩個沒談過戀愛的人最後會結婚？你以為你是在清朝啊。」我鬆開安全帶，準備下車，「還有，從高中到現在你交過多少女朋友，別以為我不知道。」

「妳該不會是因為高中那時向我告白但沒交往，所以內傷到現在吧？」他輕浮一笑。

所以說，人生真的不能犯錯，一次過錯足以遺憾終身。我瞪著他，「那已經是十年前的事了！」

「就是啊，妳也早該平復了。反正我向妳求婚那麼多次都被拒絕，算是扯平了。」

「你把『三十五歲都還單身的話就勉強點娶妳回家』這種話稱之為求婚？你不如直接問我死後願不願意葬在楊氏墓園好了。」

「樂樂。」他突然嚴肅起來。

「幹嘛？」我將手放在車門上，以便隨時逃跑。

「其實，我家的長輩都葬在金寶山⋯⋯」

「楊在軒你真的很無聊。」我就知道這個人正經不起來。

本來以為那天的相親午餐就和之前幾次的狀況一樣，就這樣無疾而終，但在幾天之後，我收到了楊媽媽的道謝訊息。大意是女神小姐對楊在軒還滿有好感，兩個人約了這個週末跟另外幾個朋友一起外出，非常感謝我的配合演出等等。

嗯、畢竟是女神般的人物啊，和楊在軒確實很登對。

看著訊息我點點頭。

「又看著訊息發呆。」楊在軒神清氣爽地走進辦公室，「這個週末一起出去。有朋友聚會。」

「朋友聚會?你不是約了女、不、你不是約了詠婕小姐嗎?」

「妳怎麼知道?」

「我剛剛收到楊媽媽的感謝訊息，她說你們這週末會出去玩。」

「梁詠婕跟 James 是研究所同學，要辦個歡迎會，歡迎 James 學成歸國，所以這次大家一起約。」他非常難得地解釋了一句。「妳也一起來。」

「我有約。」

楊在軒瞇起眼，雙手抱胸，「沒男友沒老公，怎麼會有約?」

「如果都不去約會又怎麼找得到男友跟老公?」好吧其實我只是去參加老妹舉辦的聯誼。

「亮亮又辦聯誼?」

可惡被猜中了。「對啦，為了避免真的到了三十五歲還結不成婚，現在要積極撒網。」

楊在軒哼了一聲，「跟我相處久了，想也知道妳的胃口被養大，平凡的男生妳絕對看不上眼的。」

「不，跟你相處久了只是把我的忍耐度訓練得愈來愈高強，所以什麼男人我都可以忍受。」

「這樣說來，妳之所以一直單身不是因為眼光太高看不上人家，而是因為人家看不上妳囉。」楊在軒拋來一個燦爛到極度欠揍的笑容。

「楊在軒，你就好好去跟女神小姐約會，快點把人家追到然後奉子成婚，了了令堂的一樁心事。至於我的事——用不著你管。」

奇怪了我高中時到底是被什麼遮了眼，怎麼會喜歡上這個討厭鬼呢？重點是喜歡就喜歡，幹嘛學人家去告白呢？結果現在三不五時就被拿出來當把柄，自己都覺得自己白痴沒救笨到死。

□

那是高二下剛開學的時候，連續好幾天身為學藝股長的我和幾名同學留下來做教室佈置和壁報。已經連任四次學藝股長的我，對於教室佈置的班底其實沒什麼想法，一開始就打算沿用原班人馬進行佈置。然而人算總是不如天算，班底中身高最高、長相斯文可愛人很好、負責所有高處佈置的小清新男同學，在寒假結束後轉學了。

當時的我也沒多想，只是在某節下課、收完作業時讓目光順著座位逡巡，一眼就看見了本校籃球隊的成員兼校草之一的楊在軒，正好整以暇地展閱他今天剛收到的情書們（？）。說實話當時的我並沒有多想，只是恰巧注意到這傢伙的身高特別突出，足以應付教室佈置的需求而已。

「楊在軒！」我站在講台上朝他大喊。

雖然是極吵鬧的下課時分，但不知為何我的話聲一停，班上的女生便整齊劃一地安靜下來。

他放下印有粉紅色小花的信封信紙，清朗的回應，「什麼事，學藝？」

這時我才發現這是同班近兩年來，去除什麼借過謝謝這你的考卷作業交了沒早安再見之外，我第一次正式地和楊在軒交談。

「那個，你放學後有沒有空？」我問。

不只女生們安靜，連男生也都僵住了。

正在被阿魯巴和正在阿魯巴別人的男生們、分散成好幾個小團體的女生們，大家像是聽到什麼不得了的情報似的，紛紛停下了手中的動作，聚精會神來回看著講台上的我和坐在最後一排座位上的楊在軒。

奇怪，我問了什麼不該問的話嗎？

「有啊，」楊在軒帶著微笑，打破突如其來的寂靜，清晰地回答，「今天不用練球。」

「那你放學後可以留下來嗎？」

教室內的安靜和走廊外的混亂形成一種怪異的對比。感覺大家都屏息以待著楊在軒的回應。

楊在軒似乎沒注意其他同學的異常，注視著我幾秒之後，點頭，「當然好。」

就在句點湧現的瞬間，上課鈴響。

數學課上到一半，突然一張紙條飛到我面前，摺成小小的紙飛機，上面寫著「給學藝」。

趁著老師在黑板上寫算式時，我打開了紙條，是坐在三排之外的好友小瑾寫來的——**樂樂妳好勇敢！**

——勇敢啥？

我草草寫上了三個字，但隨即放棄，把紙條塞進鉛筆盒，看樣子來來往往會傳很久，還是下課直接問吧。

我好勇敢？

勇敢什麼啊勇敢。

帶著這樣的疑問和睡意撐完數學課，連課本都還來不及收起來，小瑾便咻一聲地衝到我面前。

「幹嘛不回我紙條？」

「傳紙條好麻煩。」我把自動鉛筆和橡皮擦放回筆袋，將課本闔上，「妳傳那是什麼紙條，什麼叫好勇敢？」

小瑾將她的單眼皮瞪得奇大無比，「還裝？！當然是在說妳當著全班的面約楊在軒的事啊！」

「這有什麼……」大驚小怪。

「這超有種好不好？！」小瑾滿是不可思議地望著我，「妳這麼公開，怕大家不知道妳想對楊在軒下手嗎？還是妳打算藉此逼退其他情敵？」

「下什麼手情什麼敵，妳想到哪去了？！」我嚇了一跳，「我不過就是想找楊在軒幫忙——奇怪，我幹嘛解釋？」怎麼會誤解、誤會成那樣？

小瑾斜睨我，「樂樂，我說妳啊，也太會裝了吧。不是說對萬人迷沒興趣嗎？不是說那種男生一定是禍害嗎？結果妳現在——哼哼哼，口是心非！」

我嘆口氣，懶得多說什麼，反正等壁報做完，不，只要開始動手，大家就能解除誤會了吧。

楊在軒是頂級貨色沒錯，高一入學第一天我也曾經被他迷惑過沒錯，但是我很快（開學典禮一結束）就清醒了——像他那樣的人（臉蛋好看身材棒，聽說還是保送的資優生）怎麼可能看得見我這樣平凡到滿街都是的女生？又不是在演韓劇。

「如果真的要告白，應該學其他同學偷偷在他抽屜塞情書就好，幹嘛在大庭廣眾下嚷嚷？我臉皮還沒有厚到這種程度……總之，不是妳想的那樣啦。」

「不是那樣是哪樣？喂，余樂樂，妳給我說清楚喔，妳到底是什麼時候喜歡上楊在軒的啊？身為妳的好友卻被蒙在鼓裡，這太過分了吧。」

小瑾妳到底有沒有在聽啊？！

午休開始前，我洗完手正要回到座位，卻被我們柔弱的班花盼雲攔下。不是那種很霸氣的，而是用惹人憐愛水汪汪大眼睛加上怯生生眼神好像有什麼難以言喻的話那樣拉住我的袖子。

「那個，學藝……」班花賀盼雲在樓梯口拉住我，齊瀏海下的小臉蛋略顯蒼白。

「嗯？怎麼啦？」跟盼雲比較起來，我突然發覺自己雖不高大但很威猛，一樣是十七歲小少女，怎麼我這麼有男人味啊？

「那個……很抱歉……我知道……」班花囁嚅。

班花同學請妳不要這種表情啊，路過的同學還以為我在欺負妳（看起來好像我只要用食指一戳，她就會口吐鮮血萎倒在地）。

「……就是啊……我……我知道我沒有……」

「沒有什麼？」

「沒有、沒有資格過問……學藝妳的……感情……可是……我、我……」班花盼雲突然伸出雙臂試著抓住看起來比她威猛很多的我，「我不想讓別人搶走他！」

「他？妳妳別激動……妳說的是……啊！」看來誤會的不只小瑾，連盼雲也——

我嘆口氣，「我說，那個，盼雲啊，妳誤會了。不，是大家都誤會了，其實——」

「午休鐘響了，兩位小姐該進教室了喔。」不知何時楊在軒竟然突然出現在我和班花身旁，帶著明亮的笑容說道。

「啊……」班花盼雲放開了我，原本蒼白的小臉泛起紅潮，宛若小龍女般飄然遠去。

可惡我還沒解釋啊。我沒好氣地瞪了楊在軒一眼，正想要抱怨，但又覺得說什麼都很怪。

「學藝。」沒想到楊在軒先開口。

「嗯？」

「放學後我在腳踏車車棚等妳。」楊在軒仍然掛著明亮清新的笑容。

「喔。」奇怪為什麼換我臉紅了？我在臉紅什麼啊真是。

「妳不進教室嗎？」

「喔，是要進去啊。但……奇怪，那你幹嘛不進去？」

「妳忘了我是負責管理同學的風紀嗎？」他笑得更深了，「好好管理同學是我的職責呢，而且等一下要去交上午的點名條。」

「也對，都忘了這學期你當風紀。」

我轉身邁步走向教室，卻也在同時注意到：為什麼同樣是進教室，班花盼雲的步伐就輕盈飄逸一如小龍女，我就笨重緩慢像小籠包，真是悲哀。

楊在軒的聲音忽然在我背後響起，「記得，是腳踏車車棚喔。」

□

「姊！妳在幹嘛？都快十二點了，竟然還這麼邋遢！面膜敷了沒？姊這樣怎麼上妝啊？頭髮也還沒洗對吧？！」亮亮幾乎是破門而入，殺氣騰騰地衝到我面前，「快給我起來梳頭洗臉，不然等一下就來不及了。」

「今天……有要出門嗎？」

亮亮用「這沒救的女人為啥是我姊」的表情搖頭，「今天要去聯誼，聯誼！姊知道什麼叫聯誼嗎？就是為了撒了半天網但連一條小泥鰍都沒捕到的男女舉辦的捕魚大會！」

「那妳去就好，我又不愛吃海鮮……」

啪一聲螢幕被切斷，亮亮居高臨下地教訓我，「現在是說風涼話的時候嗎？姊要知道，女人一過了三十，嫁出去的機會比死於恐怖攻擊的機會還低！妳到底有沒有警覺心啊？」

「幹嘛亂關人家螢幕……」有必要講得這麼嚴重嗎？我重開了螢幕，認命地把遊戲存檔退出。「聽妳的話去了那麼多次聯誼，別說龍蝦，連條蝌蚪都沒抓到。」

「那是姊太被動。交換了臉書還是 LINE 就要多聯絡啊，放些漂亮的自拍照釣男生啊，姊有沒有看過自己的臉書啊？上面的 po 文除了遊戲破關之外根本沒別的——」亮亮說到這裡突然嘆口氣，「唉我這是在對誰講話啊？我姊姊妳要是會沒事放個漂亮自拍照的那種類型，還需要我在這裡擔心姊變剩女嗎？算了，自己沒有危機意識，我也幫不了妳。總之這次聯誼姊非參加不可，所以現在快給我去梳妝打扮，Now！」

「好好好，妳別激動，我馬上準備，很快就好……」

帶著無奈的心情洗好長髮，隨便抹了點面霜和粉底，一點想認真打扮的情緒都沒有。其實我總是不懂，先讓自己披上一層粉飾現實生活的精緻外衣後順利交到了男朋友，接下來呢？難道永遠都得維持著初識時的光鮮亮麗嗎？那麼，那個人，到底喜歡的是我，還是我精心打造的外殼呢？又或者，交往久了之後，我試著露出本來面貌，對方會不會嚇跑？

還是，男生們也跟我一樣，有著相同的疑惑？

打開衣櫥，和前幾次的聯誼一樣，再度發現除了運動T恤和上班套裝之外，我根本沒什麼約會服，只有兩件網拍買來的便宜洋裝，但分別穿過兩三次了，雖然對於今天的聯誼對象而言依舊是第一次，但這時不禁感嘆自己確實相當沒有戀愛自覺。

正猶豫不知如何選擇洋裝時，掛著超大桃紅兔吊飾的手機嗚嗚地震動起來。是我那位同樣深受相親和聯誼之苦的變態上司兼高中同學。

「怎麼啦？」我滑動手機接起。

「打扮好了沒？再過二十分鐘到妳家樓下。」

「啥？今天是你負責載我跟亮亮去聯誼啊？」

「什麼聯誼？不是跟妳說過，這星期有聚會嗎？James 的歡迎會。」

「我也跟你說過我不能去啊。」

「那種聯誼不去也罷，」楊在軒大概在開車，停頓了一下才說，「想找好男人的話，還是來參加 James 的歡迎會比較好，在座的全都是名校高材生加上年薪百萬的優質男，還保證沒結婚沒小孩，身高平均 178。」

「那我更不想去了。」

「為什麼？」

「我幹嘛沒事跑去人生勝利組去突顯人家的成功和我的失敗啊？我正忙著呢，掛電話了。」

「喂喂，等等。」

「又幹嘛？」

「今天如果出席的話，可以算假日加班喔。」

「假日加班？」

「是啊，薪水兩倍計算。」

「這麼好？」

「那當然，我最替我們樂樂著想了。」

最好是！「……楊在軒你老實說，為什麼你硬是想拉我去，一定有理由。」

「……妳這麼說就太見外了！我是為了妳好啊，不是不想在三十五歲時跟我結婚嗎？那麼就讓身為舊情人的我好好幫妳尋覓順便過濾第二春吧，畢竟我們相愛相守這麼多年——」

「誰跟你相愛相守！還有你什麼時候變成我舊情人了？」

「總之，妳快準備吧，如果曠職——」楊在軒在電話那端笑得十分開心，「可是會扣錢的喔。」

「卑鄙小人！」

嘆著氣找了件襯衫和牛仔褲穿上，這下連洋裝都不用了吧？反正以之前陪楊在軒去參加聚會的經驗來看，這次我也應該只是倒杯香檳坐在角落默默地看著無聲的垂降螢幕裡播著黑白電影一個人把點心 Buffet 全部消滅吧。

一面把手機、皮夾塞進手拿包，一面發覺自己對於能逃過亮亮安排的聯誼有種解脫的感覺。

「咦？姊怎麼穿這樣？」一走出房間就被亮亮鎖定。

「抱歉喔，今天的聯誼我沒辦法參加了。公司有事，我要去加班。」這可是真話！

亮亮雙手抱胸，眼神冷冰冰地，「公司有事？有什麼大事需要妳星期六去加班？」

「要陪老闆處理一些事嘛。這就是職場生活啊……」

「少跟我來這套！又是楊在軒對吧？妳找他當擋箭牌？」

「沒有啦，我哪可能做這種事。跟聯誼比起來，陪老闆出門也沒比較好。」但至少有錢拿。

亮亮哼了哼，還是一貫教訓小學生的態勢（不愧是當老師的），「我才不相信楊在軒那傢伙找姊有什麼正經事。他根本老是仗著主管的身分欺負妳，妳怎麼就這麼好使喚啊？」

「喂，余亮亮，妳講話不要太過分了。」

亮亮毫不罷手，「本來就是！我哪裡說錯了？動不動就拗姊陪他去哪去哪，奇怪了他是沒朋友嗎？每天在公司見面還不夠，週休還要來煩妳，這人也未免太機車了吧？以前我還想說，他是不是對姊有意思想追妳，結果過了這麼多年，什麼屁發展都沒有，這算什麼啊？不跟姊交往無所謂，但至少不要妨礙妳追求幸福嘛。」

「……我說，妳跟學生講話也都什麼屁呀屁的嗎？」

「跟學生當然不會。姊不要扯開話題喔！撇開楊在軒不談，說真的姊就算再認真工作又怎樣，公司是會派人娶妳還是負責養妳一輩子還是到了六十歲送姊個老伴？為了工作放棄戀愛，太不值得了。」

「……我知道妳是為我好，可是去了那麼多次聯誼，我也有點膩了。老是戴著假面具做人，真的很辛苦。」我小小聲的反駁。

「這世上有誰不必戴著假面具做人啊?老大不小了還看不清現實。再說，姊就不能當作這些是營造美好印象、讓交往順利展開的功課嗎?」亮亮一生起氣來就像隻青蛙，兩腮鼓起，眼睛瞪得老大，睫毛不住舞動，「如果妳跟妳們花花上司一樣一年換二十四個交往對象，那我用著得這麼辛苦嗎?」

這就是為什麼以我如此懶散的個性，還願意積極參加這~麼多次聯誼的主要原因了。亮亮真的很會教訓人，根本就是天生好手，一生下來就註定要教訓身邊所有人；這不叫天賦，什麼才叫天賦?

雖然知道自從四年前和男友分手後，亮亮總是擔心我，但最近這種擔心已經成為一種令人恐懼的壓力，如果照目前的速度成長下去，可能最後亮亮帶來的壓力會大到讓我主動去跟楊在軒或者任何路過眼前的雄性動物求婚以作為逃避也說不定。

「好啦，不要生氣嘛。其實今天楊在軒要介紹他朋友給我。」只不過不是作為戀愛對象，而且還有男有女。

亮亮聞言臉色一亮，「咦?真的?」

「真的真的，他好像突然想當媒人想瘋了。」根據剛剛的來電，我並沒有說錯。

亮亮拍手道：「那早說嘛!楊在軒那掛的男生應該都不錯吧，高富帥喔!」

「妳到底以為全台灣有多少個高富帥啊?」

「不用太多,我們一人分到一個就可以了。啊!早知道我就不參加這邊的聯誼,應該跟著妳去才對!真可惜。」

「妳這態度……也轉變得太快了吧。」我搖頭。

「這不是重點吧……姊……」亮亮的雙眼審視著我的衣著,「要去釣凱子,而且是高級凱子,妳就穿這樣?」

「不然穿一件299的洋裝會比較好嗎?」

「這倒是。但,襯衫加牛仔褲,太沒女人味了吧。」

「女人味那種東西我從小到大都沒見過。」好吧其實滿悲哀的。

「來!服裝已經沒救了,但鞋子可不能輸!」亮亮奔向鞋櫃,拿出一雙鮮紅色超高跟魚口鞋。「這雙可是我的秘密武器,全新的呢,本來想說明年情人節看能不能派上用場,不過看來姊比我更需要它,穿上吧!」

「這……」要是拒絕的話,恐怕會沒命。我順從地伸出雙手接過看起來足以當作殺人兇器的超高跟鞋,「……這鞋……要怎麼穿?」

嗚嗚我只是問了一句這種鞋要怎麼穿而已，亮亮就氣得抓狂了，當然她的重點並不在於我沒穿過超高跟鞋，而是在於從「不會穿高跟鞋」這件事，印證了我是「多麼缺乏身為女性的自覺和危機意識」，又被亮亮教訓一頓，要不是楊在軒打來讓我下樓，恐怕我還得繼續洗耳恭聽大師開示。

為什麼身為姊姊的我這麼沒立場？只是四年沒男朋友，又不是做了什麼殺人犯法的事……

「妳——腳受傷了？」一坐上車，楊在軒就用狐疑的目光看著我。

「沒有。」我拉好安全帶，「可以出發了。」

「但剛剛看妳走過來的樣子，很像膝關節脫落的長頸鹿耶……」

被亮亮嘮叨個沒完，憋了一肚子悶氣，這人現在是火上加油嗎？

我沒好氣地說：「再不開車，我就下車回家。」

楊在軒悶笑著發動引擎，斜斜瞄了我一眼，「所以說啊，還是平底鞋比較適合妳。」

「你再囉嗦一句，小心我用鞋跟敲斷你的鼻梁。」

□

明明就是要做教室佈置，為什麼要約在後門的腳踏車棚呢？雖然不懂楊在軒的打算，但午休結束後的我已經深深明白全班對我有多大的誤會了——特別是在收到班花盼雲傳來的含淚紙條後。

——學藝，我知道我不能干涉任何人向楊在軒告白，但是我一定會守護自己的愛情！寫這張字條不是要妳退讓，而是希望我們能光明正大公平競爭。

這……這要我怎麼回才好？

當然我可以很坦白地告訴班花盼雲和其他同學：沒有，什麼事都沒有，大家誤會了，我只是要找楊在軒幫忙做教室佈置而已。更重要的是，任何身高夠，可以幫忙把東西掛到風扇上的男生（甚至女生）都可以，根本就不是大家想的那樣！

但另一方面我也覺得楊在軒這人也太強大了。

如果我今天詢問的是別人，這些誤會就絕對不會發生對吧？為什麼眾人的眼光就只落在楊在軒身上？我真是不能理解，完全不能理解。

下午幾堂課的時間，班上瀰漫著一股詭異又尷尬的氣氛，盼雲好像真的很苦惱，楊在軒一派輕鬆自得，拿著點名條計算班上人頭，似乎獨自活在另一個氛圍中。看著窩在座位上一動不動的盼雲，和繼續很陽光的楊在軒，我考慮了一下，本來想藉著做教室佈置的實際行動破除謠言，但現在好像不能拖了。

「盼雲，我們聊一聊可以嗎？」

盼雲聽到我的聲音似乎突然一驚，猛然從椅上彈起身，「喔！好的！」

於是我跟盼雲一前一後走出教室，來到午休前說話的樓梯間。

「嗯……要跟我說什麼？」

「盼雲，有件事妳誤會了，不，大家都誤會了——我對楊在軒沒有任何興趣，只是想拜託他幫忙做教室佈置和壁報而已。」

「什麼？！」盼雲水汪汪的大眼睛射出一股亮光。

「之前每次都幫忙教室佈置的李相瑋不也很高嗎？」我比了比身高，「因為他轉學了，這次就沒高個子的同學幫忙，每次都要借長梯子來又很麻煩，所以我才想說那就找楊在軒來幫忙。而且，就算不是楊在軒也無所謂，只要夠高的男生，隨便誰都可以。我這樣說妳明白了嗎？」

盼雲的目光依舊強烈，為了證明我不是唬爛，我只好無懼地迎向她灼熱的目光。但幾秒之後，盼雲突然別過頭。

「不，學藝，妳騙我。」

啥?!

盼雲柔柔地嘆了口氣，「妳不必這樣的。不必為了我，而犧牲妳自己，愛情不是犧牲就可以抹滅，也不是別人犧牲了就可以獲得的。這道理我懂。」

「不，不是啦，盼雲，妳誤會了。我不是要退讓什麼，我沒什麼好退讓的啊，我本來就不是——」

「學藝，不，不要再說了……」盼雲輕柔地打斷我的話，「妳人太好了。但不可以這樣……」接著，她似乎用盡力氣，努力地把字句說得深刻無比，「愛情是種自由，我有愛人的自由，對方也有，妳也一樣。」

惡毒如我當然不可能因此而感動，反而在心裡OS：那妳傳紙條給我是要幹嘛？不是想暗示我打退堂鼓嗎？

好吧我承認我真的很惡劣。

「學藝，我沒關係的。」見我不說話，盼雲又說了一次，「我在書上看過，暗戀與被暗戀，告白和被拒絕，這就是青春啊。」

「青……」算了隨便，我已經努力過了。

到底怎麼撐到放學時分我不知道，看著班上同學慢慢散去，我盤算著這次的壁報和教室佈置需要哪些材料多少張全開的紙要用壓克力顏料還是粉彩筆，然後列了張清單。

「喂，楊在軒呢？」小瑾跳躍著來到我的座位前。

「我哪知。」不能讓小瑾知道我跟那傢伙約在哪，不然她非跟不可。

「妳不是叫他放學後留下來嗎？」小瑾嘿嘿笑著。

「對啊，但他好像跑了耶。」我乾笑著，「真是壞人。」

「什麼嘛……對了，聽說班花跟妳談判，真的假的？是說喜歡楊在軒的人那麼多，妳的勝算好像不大厚。仔細想想，我們班上的女生真的沒什麼人對他免疫耶，如果連隔壁班還有學姊學妹加起來，楊在軒告白俱樂部的成員到底有多少啊？樂樂妳有沒有在聽？」

一面聽著小瑾嘮叨，一面想方設法催她快點回家，好不容易拖拖拉拉十五分鐘，小瑾眼看我還沒有要回去的打算，也沒有看見楊在軒的身影，終於放棄，跟我道別後跑去了社團教室。

等到從教室看出去，校門口的人潮從擠爆轉為小貓兩三隻時，我終於收拾好書包，走向腳踏車棚。下樓時看了看錶，忽然有種搞不好那傢伙早就不耐煩回家了的預感。

但是我的預感並不準。

而且時間點抓得奇差無比。

我抵達車棚時，恰好適逢高潮——三年級的儀隊學姊（什麼名字我忘了，但也是醒目派的人物）正在另外兩名學姊的陪伴（或者壯膽）下，把一個包裝精美的紫色小盒子交到楊在軒手上。

儀隊學姊羞紅了臉，低低地說著楊在軒可能每天都會聽到個兩三次的話。

——我喜歡你。

——跟我交往好嗎？

「謝謝妳。但是，對不起。」楊在軒溫柔地微笑著，「……我等的人來了。」他的眼神射向我。

幹我應該找地方躲起來才對！

「你在等……她？」學姊的臉依舊潮紅，但卻蒙上一層不甘與怒氣。

「這麼貴重的心意我會永遠記得，謝謝學姊。」楊在軒把目光轉回學姊，想把手上的紫色盒子還給她。

但學姊沒有接。

直到楊在軒走向我並且距離我只剩不到三公分之前，我都還傻傻站著。一方面是不知道自己在這場告白裡扮演了什麼角色，另一方面是震撼於楊在軒的人氣，第三是對於學姊感到不好意思（雖然我不明白到底為什麼會有這種情緒）。

「我等了很久呢。」突然間楊在軒的聲音離我好近好近，幾乎是貼著我的耳畔，「快下雨了，走吧。」

「呃。」

就這樣我感受到背後三位學姊一起投來的灼熱目光，心想著我被利用了。邪惡的楊在軒。

從後門走出學校沒多久，天空開始灑下雨點。一面胡亂翻找書包想著雨傘在哪，一面發覺楊在軒替我擋住了雨。

雖然很及時，但還是令人不爽。

「別以為幫我撐個傘我就會原諒你。」我脫口而出。

楊在軒露出詫異的表情，「原諒我？我得罪妳了嗎？」

「你把我騙到車棚，讓學姊誤會我們，藉此拒絕她，不是嗎？」

「並沒有喔。」楊在軒揚起非常漂亮的笑容，「首先，我並沒有騙妳到車棚，我確實在車棚等妳。第二，我從頭到尾都沒有欺騙妳或學姊喔，既沒有說我跟妳在交往，也沒有說我有其他喜歡的人，不是嗎？」

「話雖如此，但是刻意約在車棚就是件很怪的事！而且在那個當下，任誰都會以為你是這個意思！」我瞇起眼，「楊在軒你心機很重耶。」

楊在軒笑意不減，聳聳肩，「……至少我不會讓人抱持著無用的希望。」

「這樣有很了不起嗎？」

「先別說這個了，學藝，妳約我到底有什麼事？當著全班的面找我，這一樣很令人誤會。」

「我知道，我現在後悔得要死。」

「怕明天大家都追問妳告白有沒有成功嗎？」

「怕大家以為我要跟你告白！」

「難道不是嗎？」楊在軒哈哈大笑。

「你應該知道不是。」我冷冷地說，「任何花花公子都不會讓兩場告白混成一團，如果你認定我是要向你告白，而且還讓我看到你是怎麼拒絕學姊的，那也太莫名其妙了。」

楊在軒停下腳步，「唔，妳的想法還不錯嘛。但卻忽略了另一種可能。」

「哪種可能？」

「我可能藉由當著妳的面拒絕另一個人，來讓妳感到我的心意啊。」

「這種話省下來吧，跟我說是浪費了。」看著捷運站就在眼前，「謝謝你的傘，我要去搭捷運了。」

「等一下。」楊在軒看著我，「我還是不知道學藝妳約我到底是為了什麼事。」

「……本來想拜託你幫忙教室佈置的……李相瑋轉學了，沒有高個子的男生幫忙有點麻煩……不過我錯了，應該認命乖乖去總務處借樓梯就好。」

楊在軒不置可否，「教室佈置？」

「對。」

「不是要跟我告白？」

「你想太多。」

他再度笑出聲，「妳真的很妙，學藝。」

「比起來我寧可你稱讚我聰明還是可愛什麼的。」我已經身心俱疲了。本來今天應該去美術社買紙，但下雨紙會淋濕，只好延到明天，想到這裡就心情很差。

「『妙』就包含了這兩樣。」

「最好是。」我一面轉身一面搖搖手，不想再多糾纏。

「學藝。」楊在軒又叫住我。

我心不甘情不願地停下腳步，「還有什麼事？」

「教室佈置的事，就交給我吧。」

□

我錯了，我不該用「人生勝利組」來形容這票人。

應該用「超級該死的人生勝利組」來形容才對。

為什麼同樣是人生父母養的，可以差這麼多?!

除了女神小姐之外，場內另外幾位女生，她們一身的打扮大概就是我一年的薪水，幾十萬的包包是小兒科，珠寶、訂製服、訂製鞋，還有富二代小姐拿著訂製的VERTU真鑽手機。

我怨恨地看著楊在軒，「我可以去僕役室待著嗎?這樣會比較自在。」

「放輕鬆一點嘛。妳又不是第一次參加這種聚會。」

「你覺得在這些千金小姐面前，我還有什麼機會能認識不錯的男人?還是你要介紹她們的司機給我嗎?」

「余樂樂小姐，妳太低估自己了。」楊在軒低聲說道，「扣除掉那些名牌衣服皮包首飾，妳真的覺得她們是一群有趣的人嗎?」

「有沒有趣不重要，有沒有錢才是重點。」我答道。

服務生經過我身邊時，我隨便拿起銀盤上的香檳一飲而盡——看起來是漂亮昂貴的粉紅色香檳，但我卻不懂品嚐。

我跟這屋子裡的客人們，就像可樂跟粉紅色香檳，完全就是活在不同世界裡的不同產品。

「哈囉！」今天的詠婕小姐穿著一件深藍色底配上白色小圓點的洋裝，寬褶圓裙和白色腰帶顯得十分復古，她帶著微笑走向楊在軒和我，看起來心情很好。「樂樂小姐也來了。」

「嗯。」我擠出禮貌性的笑容回應。

「不好意思，在軒可以借我一下嗎?」詠婕小姐笑著，「那邊有朋友想認識在軒。」

「當然可以。」

去吧，不用回來沒關係。我決定再拿杯香檳，找張舒服點的沙發窩下來，慢慢品嚐這種不管喝多少次都覺得比汽水難喝的東西。

——**我很快就回來**。楊在軒拋下了這樣的眼神，挽著詠婕小姐走向那群閃亮亮的富二代千金們。所謂私人俱樂部裡的聚會常常就是這麼回事。雖然參加過幾次，但實在很難融入其中，倒不是他們特別排外什麼的，而是身處的環境不同，自然也不會有共同話題。

比方說，談論一個要價上百萬的名牌訂製包時，我就插不上嘴。或者哪個品牌的VIP之夜時，我也完全接不了話。再不然誰家的藍寶堅尼和保時捷相撞，這對於像我這種捷運族來說更是現實以外的狀況。

好不容易把杯裡的香檳喝完，以為至少撐了十五分鐘，但看看手錶卻只過了五分鐘不到，楊在軒持續被詠婕小姐的朋友包圍，另一坨人則是和歡迎會的目標 James 先生膩在一起，像我這樣不屬於任何一邊的人，在這場合裡看起來非常刺眼。我把香檳杯交給經過的服務生，越過了人群走向玻璃門，推開了其中一扇。

戶外吹拂過的涼風清爽柔和，可惜的是夾雜著一股淡淡的消毒水味。我看向無人的泳池，想起之前好像也曾經陪楊在軒來這裡參加什麼池畔派對之類的活動。反正每次都是差不多的情況：一起赴宴，但抵達之後就各自解散，他談他的，我吃我的，等時間到了再集合一起回去。

「很無聊嗎？」

從背後突然冒出的聲音嚇了我一跳。

「嚇到妳了？」聲音的主人略帶歉意地揚了揚手上的香檳杯，「如果打擾到妳，我很抱歉。」

男人有張好看的臉。立體端正的五官，明亮健康的膚色，微微上揚的眼尾，和線條漂亮的鼻梁；略微抓高的黑髮和臉型十分相襯，合身的針織衫突顯出他似乎認真健身。

不得不承認楊在軒說得沒錯，這聚會裡出現的男人品質和之前亮亮辦的聯誼水準就是不一樣。眼前的男人除了好看端正的臉，更有一股優雅且與眾不同的氣質，一如海洋般清新明亮。

楊在軒果然沒騙我，捨命陪老闆還是值得的！

「打擾是不至於……」我說。

「妳好，我姓齊，齊子游。」男人伸出手。

「我叫余樂樂。」輕觸之後，我將手收回。

「樂樂？快樂的樂？」

我點點頭。

「聽起來就是很開朗的名字呢。」齊子游微笑著，「一個人待在這裡，不無聊嗎？」

「在這裡透透氣很不錯。」

「也是。妳是 James 的朋友，還是同學？」齊子游拎著酒杯，淡淡地開口。

「我是他同學的助理。」一陣風吹落髮絲，我胡亂將它們順好，「奉命陪老闆來的。」

齊子游微微點頭，「原來如此。我是 James 的研究所同學。在他出國前，一直都是同個指導教授，也待在同間實驗室。」

「噢噢。我老闆是 James 的大學同學。」

「這麼說來——」齊子游像是聽到什麼了不起的情報似的，雙眼一亮，「妳的老闆，莫非是——楊在軒？」

「嗯，沒錯。怎麼了嗎？你們認識？」

「見過幾次，也有共同的朋友，但沒什麼私交。楊在軒啊，他可是傳說中的人物呢。」他饒富深意地微笑，「呵呵呵，真是太巧了。」

這什麼表情啊？如果你不是男生，我會以為你想追楊在軒。不，不對，即使男生也是可以追求楊在軒的啊！哎呀，可惜了這麼好看的臉，這麼好的身材，這麼高的學歷……

「我說錯什麼了嗎？妳的表情很奇怪。」

「抱歉，我分心了。」我感到好奇，「為什麼說楊在軒是傳說中的人物？」

「他不是有名的痴心二少嗎？」

幸好我沒喝水，不然保證全噴在齊子游臉上。

「痴心二少……那是什麼……」那是什麼鬼啊？！

「據聞他從高中開始喜歡某個女生至今，從來沒變心過。」

屁。

「你知道他光是去年就交了幾個女朋友嗎？」雖然這樣說自己的老闆兼高中同學真的很不好，但我一定要導正視聽，「你聽到的，絕對是謠言！」

「我知道他多少有交往的女朋友，畢竟這個圈子也不大。不過，聽說他每次甩掉人家的時候，都是對女方這麼說的。他說，他一直在尋找能取代高中那女孩的人，但很可惜她或她們不是。」

呃，這種白爛理由確實很像楊在軒會說的話。但他之所以那麼說，是因為不必想新理由吧？而且他說你們就相信，高學歷的人原來這麼好騙嗎？

我雙手抱胸，「原來我老闆是大家八卦的對象。」

「我認識的女孩，很多都喜歡過他。」齊子游勾起笑，「自然而然就常常耳聞他的事蹟了。」

這時玻璃門忽然被拉開，「齊子游！過來拍照！」

「馬上來！」他朗朗回應，接著再度轉身對著我，從外套裡掏出名片，「方便交換嗎？」

雖然眼前這個極品很可能是同志（竟然對楊在軒這麼了解，應該是覬覦很久了吧），但至少是我這三年來見過最帥的男人。「有何不可？」

「余樂樂小姐。」他把我的名片夾在修長的指尖，「跟妳聊天很開心，希望有機會再見。」

「齊子游你好了沒？快點進來！」

臨走前他留下一個相當迷人的笑容。「Bye！」

「再見。」

可惜，這麼帥。

真是便宜楊在軒了，嘖。

□

「這……現在是什麼情況？」

和楊在軒在捷運站分開的第二天，我一大早就從美術材料行搬來幾大張全開的書面紙，才一步出美術行，就被眼前這個高大的背光人影嚇了一跳。

「你在這裡幹嘛？」由於背光，我換了個角度才看清這個在美術行埋伏我的傢伙是誰。

「給我吧。」楊在軒不由分說抱起捲成圓筒狀的紙。

「想要就拿去吧。」有搬運工也不是壞事。「看來昨天說的話好像是認真的。」

扛起紙的時候他勾起笑容，「我一向都很認真。」

「是嗎?辛苦了。」這可是你自願的喔。

由於昨天完全沒有進度，所以今天我起了個大早，往學校的路上沒什麼人，平常大排長龍的早餐店，也很難得的有空位。看著不遠處的早餐店，突然覺得有些困擾。本來計劃著買好材料後到早餐店點份培根蛋餅和咖啡牛奶，但是楊在軒就在我身邊，情況有些尷尬。

叫他自己先去學校、自己留下來吃早餐嗎?這樣感覺我很好吃。

還是問他要不要一起吃?一起吃的話我又不想請客……

如果只是讓他等我，看著我吃，這也未免太奇怪了。

「妳還沒吃早餐吧?」沒想到，楊在軒在我掙扎之時卻先開了口。

「嗯，因為今天很早出門……你吃過了嗎？」

「沒有。」楊在軒閃過一絲非常罪惡的笑容，「通常都是進教室之後才會知道桌上放了哪些早餐。」

喔幹我完全忘了，像楊在軒這種等級的傢伙，每天早餐午餐根本就不用自己操心，有的是大把仰慕者送來愛心早餐。哼哼哼。

「要不要一起吃？」楊在軒突然指了指距離已經不到十公尺的早餐店，「太早出門、又等人等了很久、再加上抱著這麼重的紙走路，也該補充體力了。」

這話是什麼意思？！

說得好像是我逼你提早出門等我！什麼態度。

「那等一下你桌上那些愛心早餐怎麼辦？」我不想請客喔，一點都不想。

楊在軒露出受傷的表情，「妳不知道嗎？」

「知道什麼？」

「那些早餐我每天都沒吃，全都分給籃球隊的成員啊。我一直以來都是這樣，妳從來都沒發現過嗎？」

「沒發現耶。」我幹嘛要發現？每天早上吃完自己的早餐就想睡覺，哪知道你在幹嘛啊……

「連一次都沒注意到？」

「沒有。」早餐又不是我買的。

楊在軒在早餐店前站下腳步，用「真拿妳沒辦法」的神情看看我，接著自顧自走上階梯。「老闆，一份鮪魚蛋加蔥抓餅、大冰紅。」

活力十足的老闆大大應了聲好，接著轉頭笑著問我，「那同學妳呢？」

「呃……培根蛋餅加辣，中杯咖啡牛奶去冰。」才剛說完，眼角就瞟到楊在軒找好座位。

現在換我的臉上寫滿「真拿你沒辦法」了。

「是說，那你以前早餐都吃什麼？」一面夾起培根蛋餅，我一面問。

「在合作社買東西吃，或者吃籃球隊其他人帶來交換的愛心早餐。」

「籃球隊是怎樣，哪來那麼多愛心早餐？」哼哼不公平。

楊在軒聳聳肩，「我也不知道大家為什麼對籃球隊特別有好感。妳呢，學藝？」

「我對籃球隊沒啥感覺。」

楊在軒注視著我，輕輕笑了，拿起他的紅茶，淺呷一口。

明明只是喝著早餐店紅茶，為什麼看起來還是這麼有貴族氣息？真是犯規！唉，看看他再看看班上其他汗臭味熏天、只會互借A漫的男生，不難理解為什麼楊在軒在女生中人氣這麼高了。

說到人氣這麼高——

可惡，我意然忘了！

「你吃飽了沒？」我一次把兩塊蛋餅塞進嘴裡，再大口配著咖啡牛奶嚥下，「吃完就趕快走吧。」

我可不想在這人來人往的早餐店裡被同學撞見，到時「學藝跟楊在軒一起吃早餐」馬上就會變成超級八卦，最後還很可能演變成「學藝勾引楊在軒」之類的恐怖傳聞。光是想起昨天班花的反應，我就覺得毛骨悚然。

誰料楊在軒不動如山，繼續喝著紅茶，「還有時間不是嗎？」

「誰說的，之所以早起就為了要做教室佈置啊。」

「早餐就該優雅地慢慢享用。」

「那你慢用，我先走了。」一口氣喝乾咖啡牛奶，怎麼突然覺得這個人如果沒出現，我的早晨就可以安靜又美好？

「這麼大口這麼急，妳不怕嗆到嗎？」

沒看到我嘴裡都是食物嗎？

「噗爸。」是不怕。

「等一下。」楊在軒拉住剛起身的我的書包，「不是趕著去做佈置嗎？沒拿紙怎麼做？」

「也對。我走了，Bye。」必須趁著人潮出現之前逃走，一定要！

但，所謂人算不如天算。

「咦咦，你、你幹嘛跟出來？」發現有人拉住紙筒，我一回頭，「你不是要慢慢享受早餐嗎？」

「怎麼可以讓我們學藝一個人扛材料呢？」他拋出看似超級無害的陽光笑容，「順帶一提，妳剛剛忘了付早餐錢——欸欸別激動，不用衝回去，我已經付了。」

「啊？你付了？」

「嗯。」

「不好意思，我等下把錢算給你。」

楊在軒把紙筒扛在肩上，「不用客氣，學藝。」

「不行，不能白白受你招待。」

「沒關係的。」

「沒理由讓你出錢。」

「是嗎？那，下次換妳請客。」

啊？換我請客？話不是這麼說吧。「不，還是把錢算清楚比較好，我有帶錢喔，又不是沒帶。」

「嗯，這麼不想請我吃早餐嗎？」楊在軒露出小鹿斑比似的無辜水亮眼神，「這教一大早就來幫忙的我情何以堪？」

「……」好好好，不要用那種眼神看我，好像我犯了什麼大罪……

「那就這麼說定了喔。」楊在軒完全不理會我的掙扎，自行做了決定。

「為什麼我總覺得這傢伙有什麼陰謀？」看著他扛著紙捲往前走，我不禁喃喃自語，但也在同時發現早餐店附近的學生愈來愈多——可惡，已經這麼晚了！

結果，計劃算不上很成功。本來打算第一個到教室，但在我和楊在軒踏入教室時，已經有兩個同學坐在自己的位置上開始吃早餐了。幸好兩位都是男生，看都沒看我和楊在軒一眼。真是萬幸。

不過，不看楊在軒也就算了，也不看我……嗚嗚，果然小龍女和小籠包還是有差別待遇的。

「要全部貼滿嗎？」楊在軒不知何時換上營業用親切同學表情，兩手高舉著張開的書面紙。

「嗯嗯，要用釘槍，用黏的會掉下來。」我捲起袖子，衷心希望能在一週，不，三天內把教室佈置全部弄完。就算是被班導說很隨便也無所謂了。

貼書面紙不是很困難的工作，一個人扶著紙、壓著紙，另一個沿著紙的周圍用釘槍固定，絕對不是什麼需要精細技術不然會弄斷手指的危險作業。但不知道為什麼，每當楊在軒利用身高優勢，從我背後負責按壓住書面紙的上端，而我也同時要用釘槍固定住時，就有一種讓人渾身發熱的感覺。

第一張紙是這樣，第二張也是這樣，第三張還是這樣。

接著是最靠近後門的第四張。

「這位置可以嗎？沒歪掉吧？」楊在軒問道。

「嗯，就這樣不要動，我要開始釘了。」

「OK！」

才釘了兩槍，僅僅一個角落，那種渾身發熱的感覺又來了。我滑過左手，讓紙更服貼，心想著八成是楊在軒擋住了電風扇，這時——

「噢，天哪！」不知道是哪位從後門進教室的大小姐近距離高分貝突然尖叫，嚇了我一跳，悲劇就此發生。

□

「在軒，我們等一下要坐遊艇出海，你真的不一起來嗎？」在離開前，詠婕小姐問道。

楊在軒指指我，「不好意思，我得送樂樂回去。」

「噢，這樣啊……」詠婕小姐有些失望，但還是客氣地轉頭向我微笑，「今天玩得開心嗎？」

嗯，再度證明自己是人生失敗組、而且好不容易被個極品搭訕，但卻發現極品不是對我，而是對楊在軒有興趣，妳覺得呢？

「不錯玩。」我說。

楊在軒也掛起招牌笑容，「看吧，我就說妳不會來錯。」

「在軒，不然我們等你送余小姐回來再出海？」詠婕小姐考慮了一下。

這時詠婕小姐的朋友，一位閃亮黑髮濃妝女走上前，搭著詠婕小姐的肩膀，「楊在軒你很煩耶，這有什麼，我來幫這位——呃，這位小姐叫車。」濃妝女目光掃過我時還很適時地送出「妳也太不上道，不會自己滾回家嗎」的表情，但又隨即收藏好。濃妝女拿出手機，「如果怕坐小黃危險的話——啊我知道了，我讓我們家司機過來，這樣就放心了吧。」

妳們這票人怎麼動不動就有司機啊？請一個司機這麼便宜嗎？

當然我可以主動地說要自己回去，但濃妝女的眼神令人不爽，我偏要讓楊在軒送我回去，怎麼樣？

楊在軒伸手扶住我的肩膀，微笑著，「謝謝，不過我送樂樂回家就可以了。」

「這樣啊，那就下次再約吧。」詠婕小姐以女神般的笑容向我們道別，「路上小心喔。」

坐上楊在軒的車之後我沒說話。一來是沒什麼特別想說的，二來是因為戴著假面微笑好幾個小時，臉皮都硬了，有夠累。楊在軒也沒特別說什麼，只是開了音響，聽著他最喜歡的大衛·鮑伊。

快到我家時，他突然開口。

「今天有沒有什麼收穫？」

「什麼收穫？」

「有沒有發現什麼好男人之類的。」

「是有發現了一個男人，但好不好很難說。」我不由得嘆氣。

「誰啊？說出來聽聽，說不定我認識。」

「James 在台灣的研究所同學，長得滿帥的——」

「不會是那個齊子游吧？」楊在軒猛地踩了剎車。

「喂，很危險耶。」我抓住安全帶，「一猜就中，還反應這麼大……你跟他很熟啊？」

「不熟，打過幾次照面。」楊在軒難得露出明顯不滿的表情，「齊子游滿紅的啊，優質男，公務員世家，高材生，又自己創業。」

「不是說不熟嗎？還知道人家是公務員世家。」

「齊子游的前女友是黃怡淩。」

「黃怡淩？黃怡淩……喔，黃怡淩——那不是你去年某一季的女朋友嗎？」

「嗯。」

「你該不會是横刀奪愛，把人家搶過來的吧？」

「我沒有喜歡黃小姐到那種程度，」他說，「時間上也沒重疊到。」

「說到這個。」

「嗯？」

「為什麼齊子游說你是有名的『痴心二少』？二少我可以理解，你排行老二，還有大哥和弟弟在，所以叫你二少，但痴心？痴心用在你身上，實在是一件令人無法接受的事……就像，就像……就像政治人物說自己是清白的或者沒有要選總統一樣讓人不能接受。」

「我比政治人物高級多了，至少我沒有陷全民於水深火熱之中。話說回來，我哪裡不痴心了？」

「問得好！」我簡直不敢相信這傢伙的厚顏無恥到了這種境界。「那請問你對誰痴心了？」

「我對高中時喜歡的女生明明就很痴心。」

「喔……丹楓小姐。莫非你一直不肯定下來，是因為還在等她？」

丹楓小姐是楊在軒高中時交往的女孩，不知為何她並沒有留在台灣念大學，而是選擇到日本留學。高中畢業之後，再也沒聽過丹楓小姐的消息——或者說，再也沒聽楊在軒提過丹楓小姐。

印象中，我只見過丹楓小姐一次吧，高二還是高三的時候。某天我在捷運月台等車時，見到了全校女生的真正情敵，傳說中的徐丹楓小姐。

基本上，不得不承認她跟楊在軒是非常相配的一對。如果要用金庸筆下的女主角來比喻，大概就是像黃蓉那樣無懈可擊的完美類型，雖然漂亮可愛得讓人妒忌，但卻無法討厭她。白皙的皮膚和大眼睛，還有烏黑飄逸的長髮加上每個高中男生都尬意的綠制服，真的是凡人無法擋。

想到這裡，我不禁瞄了楊在軒一眼。

當年那句「如果不是因為某些理由——也許我們就能馬上交往」如今想來根本就是在安慰我……最好有哪個男生會笨到不選黃蓉不選小龍女選個小籠包！

「初戀是很刻骨銘心的。」他答得倒是爽快。

「哼。」

「怎麼啦？」

「沒事。」

「妳不是『哼』了一聲嗎？有什麼不滿就直說。」

「……沒有，想不到你這麼痴心，真是令人刮目相看。」死騙子。

「不是這麼想就不要這麼說，妳明明在心裡罵我，不是嗎？」

「哎唷，我都不知道你眼力這麼好，挺會察言觀色的嘛。」

正逢紅燈，楊在軒停了車，轉身湊近我，「因為我總是看著妳。」

「我說過很多次，我對你免疫了。還有，你這樣看起來一點都不痴心。」我推開這傢伙漂亮的臉，「騙子。」

「我騙妳什麼了？」

「你騙我說——」

仔細想想，如果抖出那句「如果不是因為某些理由——也許我們就能馬上交往」

一定會被這死傢伙大大取笑，還是不講為妙。不過，把事情悶在心裡實在不是我的風格（也就是沒有忍耐力）——

「我到底騙了妳什麼？」楊在軒回復原本正在駕駛的姿勢，飽受委屈似的說道，「我最不可能騙的人就是妳啊。」

「屁啦！你那時拒絕我時明明說『如果不是因為某些理由——也許我們就能馬上交往』，現在又說你對高中時喜歡的女生很痴心，你是在耍我嗎？一個很痴心的男生會對女朋友以外的人說如果不是因為我名草有主也許可以交往這種話嗎？你那時只是要安慰我而已吧？你並不是真心這麼想。你這樣對丹楓小姐、對我都很沒誠意。」

楊在軒忽爾一笑。

那笑容其實和高中時並沒有什麼改變，我不禁心裡一顫。

年少無知時被騙一次已經夠了，現在可得保持清醒。

「真沒想到我們樂樂把我說過的每句話都記得這麼清楚，放在心上，太窩心了。」

「……」我無言可對了。

「我說，樂樂……」

「怎樣？」

「首先，那時我說的全都是真話……再來，我到現在都對高中時喜歡的女孩念念不忘，也是真的。而且基本上這兩件事並不衝突。」楊在軒不知何時換上嚴肅的表情，直視著前方，「這些年來我努力跟很多女孩子交往過，但愛情並不是努力就可以捨棄，或者獲得的。」

「你……你不要這麼正經八百的，好可怕。」

「妳——」楊在軒一臉「浪費我的名言錦句」，重重地嘆了口氣，「妳還真是會破壞氣氛。」

「啊哈哈哈，不要這麼計較了嘛……」

我堆出滿臉笑容，但不知為何在撐起臉部肌肉的同時，我感受到了一股緩慢但持續湧現的哀傷。有股力量緊緊束縛住我的胸口，但我並不知道它從何而來。

——**初戀是很刻骨銘心的。**

他的初戀是這樣，那我的呢？

我再度瞄向楊在軒，嚴肅正經的表情已換下，歌曲也從大衛·鮑伊換成剪刀姊妹，此刻的他正輕鬆哼著音響裡傳來的剪刀姊妹的歌，修長漂亮的食指在方向盤上打著節拍。

My heart could take a chance but my two feet can't find a way
You'd think that I could muster up a little soft shoe gentle sway

But I don't feel like dancin', no sir, no dancin' today……

□

「喂喂喂喂！」幹這是我第一次這樣放聲尖叫，「你在幹嘛？！快放我下來！」

我緊緊捉住噴血的手指並且努力扭動身體想要掙脫。

「笨蛋，都流血了要馬上去保健室才行！」用雙臂以公主抱姿勢將我橫抱而起的楊在軒加快了腳步，「別再動來動去！要下樓梯了！如果不想兩個人一起摔成腦震盪，就給我安分一點！」

「楊、楊在軒，雖然你的舉動很MAN也充分表現出了同學愛，但我是手受傷不是腳啊！我可以自己走喔喔喔喔喔——」最後一個「走」字音調陡然飆高，那是因為我有生以來第一次發現，被人抱著走樓梯原來這麼可怕。

「算我拜託妳——給我閉嘴。」楊在軒的聲音聽起來無比吃力。

什麼嘛，幹嘛一副好像人家很重的樣子……就算是也不可以表現出來啊，又不是我叫你抱的，而且，你是不是沒把我的裙子拉好？怎麼老覺得大腿涼涼的啊？你走路小心點啊，我本來只是手被釘槍釘到而已，不要因為你的失足搞到我變成嚴重骨折啊！

以上這些，不知花了我多大的力氣才忍不住不要飆出口。念在楊在軒這麼有同學愛的份上，我非常努力地忍住，盡可能不要怨恨他。

如果不是楊在軒，我其實根本不會受傷，哼！

幫忙就幫忙，幫忙時還靠那麼近，又不停貼過來，讓人不知所措、心煩意亂已經很討厭了，結果楊在軒像背後靈一樣幾乎貼在我身後的樣子又被他的愛慕者發現，當場尖叫，害我突受驚嚇導致一時失手，釘槍釘歪，打上了自己的手指，登時鮮血直冒。

接著楊在軒這個罪惡根源，竟然鬆開雙手把要他扶住的壁報紙往地上一扔，在大家還來不及反應過來時一把將我抱起，衝出了教室。直到發現自己身在走廊視野變得莫名其妙而且還不用走路時，我才清楚意識到發生了什麼事。

當他好不容易氣喘吁吁走到一樓時，我實在忍不住開口，「我可以自己走，真的。」大哥你要是真的不行就讓我下來吧，我被你嚇得渾身冷汗、心跳加速，怕得都差點忘記手還在冒血。

「就、就快到了！」他喝了一聲，重新使勁，「別吵，乖乖按住傷口就是。」

楊在軒抱著我衝進保健室時，護士小姐顯然被他的表情和汗水嚇到，以為我身受了什麼重傷。

——手、手指……只是手指流血？

綁著可愛馬尾但人已中年的護士小姐用著「有必要嗎」的表情看看喘個不停的楊在軒又看看我，嘆著氣熟練地用長鑷夾起棉花蘸上酒精為我消毒傷口，止血上藥，聊備一格地說著還好沒有傷到指甲之類的無謂話題。

我想我永遠都忘不了護士小姐那時無奈又想笑的表情，還有楊在軒在一旁彷彿等著宣佈還剩幾個月壽命的那種神情。雖然受傷的人是我，但我還是很想問問楊在軒：有那麼嚴重嗎？其實你一見到血就會抓狂對吧？

但後來在踏出保健室之前我盯著被綑成白色的手指，心裡想到的卻是——

在眾目睽睽之下楊在軒抱著我衝來保健室，這下，我就算跳個三百次黃河也洗不清了吧。

啊幹。

「楊在軒，你會不會太誇張了？」我捏著手指沒好氣地瞪著他，「你知道自己的所作所為會引起多大的騷動嗎？」

「我做什麼了嗎？我護送因公受傷的同學來保健室，這不就是同學愛的表現嗎？大家應該要稱讚我才對。」他揚起得意的笑容，長睫毛顯得相當犯規。

「同學愛？拜託，你根本是想置我於死地吧？你這種『護送』法，只會讓大家誤會我跟你之間有什麼不可告人的關係。」

「可是，現在要澄清也有點慢了呢。」楊在軒笑意更深，突然伸手滑過我的下頦，「上次腳踏車車棚的事……學姊們好像都誤會了喔。」

「什麼？！誤會什麼了？」我拍掉這傢伙的手，怒目而視。

楊在軒好整以暇，「冰雪聰明的學藝難道還需要我解釋嗎？當然是誤會我們正在交往啊。」

「喂，讓學姊們誤會對你有沒有好處我不清楚，但我為什麼要被捲進你的遊戲裡啊？我完全就是個無辜的局外人啊。」我瞇起眼，「……等一下，那麼，你剛剛所謂的『護送』也是故意要讓人誤會的吧？」

「所以我就說學藝妳真的是冰雪聰明呢！我果然沒看錯人。」

「你到底在想什麼啊？這有什麼好玩的？還是你根本只是想逼我做你的擋箭牌？」

楊在軒笑容不減，「妳不考慮一下其他的可能性嗎？譬如說，我暗戀妳之類的。」

雖然是個白痴而且不可能的問題，但我還是感到臉上發燙，我努力把單眼皮撐得更大，以示我的憤怒，「你少來！楊在軒，不管你到底想要做什麼，總之，別把我扯進去，我也不想因為你而破壞我低調平靜的日子，懂嗎？」

03

從 James 的歡迎會結束後，楊在軒好像真的成為了詠婕小姐鎖定的目標，三不五時就會聽到楊在軒接到詠婕小姐的電話。從天冷多加衣到名品 VIP 發表會的邀約不一而足，加上楊媽媽在旁推波助瀾，楊在軒基本上很難躲得掉。

就像昨天，我看著他板著臉但用溫柔無比的語氣在電話裡和詠婕小姐約好下班後東區見的樣子，就有種「如果這附近發生連續殺人案我一定懷疑是他幹的」的感覺——

根本就是雙重人格到極點。

「後天上午跟日本須藤商事開會的資料備齊了嗎？我們的公司簡介更新過了吧？要記得把簽到了的幾件跨國合作案也列上去。」楊在軒忽然開口。

「已經都準備好了，也更新了最新的合作廠商資料。」

「很好。後天跟須藤商事的會議很重要，牽涉到公司接下來的日本經營佈局和分公司的設立，一定要認真準備。」

「我知道。」

工作時的楊在軒不常開玩笑，我曾經一度以為他是那種不事生產、只會用老爸拚命賺來的血汗錢買輛超跑好到東區夜店把妹的死公子哥兒。但後來證明我錯了：第一，楊家雖然是家族企業，但還不到百億豪門等級；第二，承上，所以楊在軒也並非想像中那種好命到爆的小開，他還是得工作賺錢的；第三，楊爸爸教子有方，楊家三兄弟都還滿認真工作，並沒有特別好吃懶做或誤以為自己是王子殿下、每天只要玩小模追女明星就好……

這時，面前的電話突然以鈴聲打斷了我的思緒。

「企劃部經理辦公室您好。」

廠商打來確認今天中午的午餐會報，說話的聲音有點耳熟，聽起來像是和楊在軒年齡相仿的青年。

我確認著電腦上的行事曆，一面想著這家 C&B 是把女秘書趕走了嗎這種無聊的事。直到——

「……樂樂小姐今天中午也會一起來吧？」對方突然說道。

樂、樂？！你誰啊？竟然這樣稱呼我——

但同時更覺得這聲音似曾相識。

C&B 這家光電材料廠和我們剛開始來往沒多久，今天的午餐會報是跟我們企劃部第一次正式應酬，雖然業務部和 C&B 接洽很久了，但基本上企劃部這邊根本還沒見過 C&B 的半個人。

也就是說，目前處於完全陌生狀態。

但對方卻知道我是誰。

還裝熟叫我樂樂小姐。

「不好意思，我沒有聽清楚，麻煩您再重複一次好嗎？」我說道。

「抱歉，我剛剛是不是忘了表明，我姓齊，那天在 James 的歡迎會上見過，我是齊子游。」

喔喔喔……那個我本來以為對楊在軒有興趣的極品。

「啊，原來是齊先生，不好意思，沒認出您的聲音。這麼說來，C&B 就是您的公司囉？」之前營業部把 C&B 的資料轉過來時，怎麼我完全沒印象？真的太混了我。

「呵呵，看來不是完全忘了我，太好了。」

不過也記不太得了。我在心中想著。

「您真愛開玩笑。」呃，沒想到這位齊先生竟然會是合作廠商之一，世界真小。

客套幾句掛上電話之後，我不自覺地嘆了口氣。楊在軒不知是刻意還是剛好，也停下了手上的工作，從座位上站起來。

「剛剛誰打來的？」他問。

「C&B打來確認今天中午的午餐會報時間地點。」

「喔，齊子游的公司？」楊在軒一手撥按著百葉窗，看向窗外的街景。

「嗯。」

「他親自打來？」

「嗯。你怎麼知道？」

「我聽見妳叫他『齊先生』。」楊在軒放開手，讓百葉窗的葉片彈回，回過身，好整以暇地望著我，似笑非笑。

「……幹嘛用那種表情看我？」你可是老闆喔，應該不至於想跟屬下借錢吧？！

「……妳對齊子游印象如何？」

「印象喔……不錯啊。」雖然我曾經一度以為他對你有興趣。「氣質不錯，長得不錯，學歷也不錯……」

愈說，楊在軒的臉愈臭。

「說起來條件相當好嘛。不但自己創業，而且又是什麼律師世家的……」

「是公務員世家！」楊在軒突然震怒咆哮，但在下一秒又忽然笑了開，「妳完全沒記住嘛。」

「我幹嘛要記住……」你這個人真的很陰晴不定耶。

「難得遇到還算正常的對象，妳不抓緊機會嗎？」

「拜託，你會不會想太多了？他打來又不是要約我出去，是業務上的往來、工作上的需要，你也太會幻想了吧。」

楊在軒嘴角微揚，「C&B 雖然是小公司，但還沒有小到讓老闆親自打電話來敲行程的程度喔，懂嗎？」

「你真的想太多。」

「關於戀愛，妳相信我不會錯的。」楊在軒拋出令人無法直視的笑容，「別的不說，光論人數和經驗值——妳就該聽我的，對吧？」

「哼。」

可惡，完全沒辦法反駁。

不過，仔細回想，C&B 以前的聯絡人似乎確實是身分地位和我差不多的助理，一位年輕女秘書，齊子游的確從來沒有親自聯絡過。但也不能就此斷定，他是為了我才打這通電話的，不是嗎？

「對了，妳今天穿得不錯。」

「廢話今天一大早不是跟德國人開會嗎？中午又有午餐會報，所以認真穿了高級套裝來啊。」還有一雙有夠難穿的高跟鞋。

「呵呵，」楊在軒不置可否，「……不過，是齊子游啊，真是沒想到……」

「沒想到什麼？」

「那不重要。重要的是，妳的反應——好像不太對啊。」

「哪裡不對？」

「單身了這麼久，好不容易出現一個勉強可以跟我匹敵的對象，妳現在應該要磨刀霍霍，深怕痛失良機才對。怎麼會一臉無關緊要的樣子呢？是因為對著像我這麼完美的男人太久，已經看不上其他次貨了嗎？」

姑且不論最後他那自戀到爆的結論，總之提醒了我，我怎麼一點都沒有少女（誤）在期盼愛情時該有的小害羞小矜持小焦慮小不安小期盼呢，莫非整個大嬸性格已經攻佔了我嗎？！這是不允許的啊！

對方家世清白（醫生世家還什麼的），外型英俊，有專業能力，風度翩翩，這樣的人對我有興趣（其實根本就是楊在軒的無謂臆測），簡直就像中了大獎，為什麼我一點開心、高興的感覺都沒有？我，我是太久沒有談戀愛，已經不知不覺對戀愛變得冷淡了嗎？

「……我，我看起來一點都沒有臉紅心跳的少女 feel 嗎？」因為我根本不相信齊子游先生會對我有興趣啊。

「很抱歉，只有大嬸味。」楊在軒故作可愛地眨眼睛，「嗯，沒想到姓齊的跟我一樣，口味很另類。」

「……另類……」可惡！

「不然，非主流？」

「謝謝你！」

前往餐廳的路上，楊在軒幾乎沒說話，也看不出他心情好壞。一個平常老是聒噪的傢伙突然沉靜起來，其實讓人很不習慣。紅燈時我看著車外的摩托車騎士，不知為何映入眼簾的都是情侶，女孩子親暱地環著男友的腰，說笑著。

那樣的畫面距離我已十分遙遠，被楊在軒搞砸的初戀不算，我總共只交過兩個正式的男友。

兩次都是我被甩。

第一任男友是大學直系學長，大概是因為照顧學妹我照顧得太順手了，於是不知不覺就愈走愈近，後來經過他不算浪漫的告白後，我們便正式開始交往。就和一般的大學生情侶一樣，有時候開開心心，有時候也會吵架；學長和楊在軒完全相反，是沉默不花俏，樸實平凡的類型。我大三時他已考上研究所，後來他和實驗室的學姊在一起，跟我分手。

他承認提出分手前已和學姊交往，然而，他宣稱「真正的理由」是因為我身邊始終有著楊在軒這號人物，所以他倍感壓力，無法承受。

——楊在軒？我跟他沒什麼、不、我跟他就連一學期都通不到一次電話……

——但妳喜歡過他，不是嗎？

——那是高中時的事了。我都已經覺得沒什麼了，所以才會告訴你啊。

——可是他現在仍然在妳身邊打轉。

——我們念同間學校同個學院，怎麼可能完全碰不到面？

——之前在圖書館，不也坐在一起過嗎？

我記得那時自己猛然醒悟。

楊在軒根本不是重點。

學長的重點在於，他沒有錯，他之所以喜歡上別人、要分手，都是我不對。今天就算楊在軒移民到了非洲，學長依舊可以硬扯說我對楊在軒念念不忘，所以無法全心對他。不是嗎？

即使沒有楊在軒這個人，他一樣可以找出別的理由把移情別戀的原因怪罪在我身上，然後拍拍自己身上的灰塵，說著「是妳造成的」然後揚長而去。

那時的我哭了好幾天，亮亮還蹺了好幾天的課陪我。失去戀人當然傷心，但受傷的自尊和他扔過來的惡意理由都加重那燒灼般的痛苦，而我只能像等著手術麻藥消退的患者，靜靜默數著時間分秒經過，然後感覺痛楚以極緩慢的速度變淡。

第二任男友交往的期間很短。

在 BBS 上的恐怖電影 DVD 交換會認識的，因為他用25週年版的《洛基恐怖秀》跟我交換《發條橘子》而開始來往；那時正是 MSN 小綠人當紅時期，透過網路好像真的找到了跟我非常談得來的人，但實際見面交往卻發現除了恐怖電影之外，現實生活卻沒什麼交集。就像我無法理解他老是為了點雞毛蒜皮的事就辭職一樣，他也無法理解我為何能夠接受公司三不五時要我加班。

後來，他喜歡上他家附近動漫專賣店的女店員，覺得很談得來，於是提出了分手。其實當下並不傷心，甚至也沒有什麼生氣的感覺，只是意識到，「喔，這樣啊，那就分手吧」如此淡然的情緒。直到發現生活裡他的影子真的完全消逝，在 MSN 的小綠人列表上刪除他時，失戀的感覺才悄悄靠近。

第二次被甩並沒有第一次那麼痛，但那時不知為何我竟約了楊在軒出來，強迫他帶我去喝酒，然後喝了兩杯威士忌就爛醉的我在他的新車上狂吐，還發瘋似的把他的高級襯衫扯爛。

亮亮跟楊在軒都說我那時終於連同第一次失戀的痛苦徹底發洩出來，我相信某部分是這樣沒錯，但也知道我並非僅僅在哀悼已經逝去的戀情，而是對於「戀愛」這件事感到失望，而且有種「我這輩子再也不可能談戀愛了吧」的寂寞預感。

「欸。」

「嗯？」

「你為什麼那麼喜歡談戀愛？」我問楊在軒。

「我不喜歡啊。」

「少來。」

「我是常常交女朋友沒錯，但我可沒有樂在其中。」楊在軒意味深長地嘆了口氣，眉宇間閃過一絲無奈。

這個人不搞笑時果然還是很不錯——啊這不是重點啦。

「我不懂。」

「我自己也是最近才懂。」

「什麼意思？」

「我喜歡一個女生，但我不清楚這份感情能持續多久；然後我會想，那是喜歡，還是愛呢；如果跟別人在一起，會不會其實也能很開心；我會不會是個容易變心的人——諸如此類的問題，我都想要答案。」

「所以，你那些女朋友，根本不是因為你喜歡所以才交往，只是作為尋找答案的過程嗎？」你是瘋子喔？

楊在軒淡淡一笑，「因為我怕我喜歡的人受傷。」

「那其他女生受傷就無所謂？」這什麼態度啊。

「雖然對她們很抱歉，但我的愛只能，也只會給一個人。如果因此而傷害她們，這也是沒辦法的事。」

我搖頭，「跟你交往的女生們都太衰了。雖然大部分都很討人厭，但你這麼做很過分。」

「要獲得幸福，有時免不了會傷害別人。」

「爛個性！」

「但被這種爛個性愛上的人，會很幸福喔。」

他向我拋出如同當年般的燦爛笑容，可惜在他剛剛那番言論之後，我只覺得這傢伙很壞心很可怕，一點都沒被勾引到。

「不要用這種眼神看我！我說過，我不當無知少女已經很久了！」

C&B跟我們公司簽訂了合約。

在未來兩年裡，會成為我們光電零組件的供應商。

簡單來說這次的午餐會報，結論就是這樣而已。

而且楊在軒那傢伙的預感完全不準，人家根本就沒多看我一眼。還什麼演藝世家的優質男，優質有什麼用，再優質也跟我無關。

最令人不悅的，就是楊在軒竟然還在回程上哈哈大笑，說什麼誤會了齊子游、其實他還滿清醒之類的話。有夠欠揍。

不過，那天下班回家後，亮亮也不在，我一個人窩在客廳小小的黑色雙人沙發上，對於我的感情生活，感到一種淡淡的哀傷。

也是啦，既然是優質男，哪可能輪得到我。

我還是認命重回亮亮的捕泥鰍大會好了。

有期待就會失望。

即使那個人並不是自己渴望的對象，可是一旦被挑起了期待，落空時就會難過。

人就是這樣，容易被其他人的玩笑挑起，因此也容易失望。

□

「樂樂！妳快說！妳跟楊在軒到底是什麼關係？」小瑾完全無視受傷的我，一句問候都懶得說。

「沒有關係。我跟楊在軒同學一點關係都沒有。」我鐵青著臉，轉頭朝著坐在最後一排的楊在軒大叫：「喂，楊在軒！」

大家又忽然安靜下來了。

有需要每次我一叫他你們就來這套嗎？！

「學藝，什麼事？」他坐在座位上，蹺著二郎腿，好整以暇地讓座椅只以後兩腳支撐，前後擺動著。

我可以上前踹個兩下嗎？

「楊在軒同學，小瑾在問，我跟楊同學你是什麼關係，請你老實地回答她好嗎？」我忍住怒氣說道。

楊在軒目光移到小瑾身上，勾起超超超犯規的笑，「我以為我表現得很明顯了呢。」

「少給我打馬虎眼，快點說清楚！」我低沉一吼。

楊在軒聞言坐定，不再擺動椅子，也放下了蹺著的腳，還刻意清了清喉嚨，「嗯哼——既然學藝妳堅持要我說清楚，那我就說了——」

搞什麼，大家是在等奧斯卡揭曉嗎？同學們（特別是女生）臉上全都是強自鎮靜的表情。

「我跟學藝，就是那種嘛，唉呀我不好意思說，這麼害羞的話要我怎麼說出來呢？就像大家看到的那樣，就是那種……雖然她很重但我還是會公主抱抱住她的關係，這樣懂了吧？」

「楊在軒你這個卑鄙小人！」

但我的怒吼沒有任何人注意到，因為完全被班花盼雲那如喪考妣的尖叫哭聲給掩蓋住了。

在楊在軒嫁禍於我的瞬間，教室像發生暴雨洪水似的動亂起來，好幾個男生接連走上前拍拍楊在軒的肩膀，一副「媽的這一定是真愛」「幹完全是屠龍刀」「楊在軒其實你該配眼鏡了」之類的表情。

我感覺到自己的臉頰發燙，血液加速，還有「這下子好日子過完了！」的恐怖預感在身體裡亂竄不已。

楊在軒避開我死瞪著他的目光，笑嘻嘻地接受男同學們表揚他勇氣可嘉、壯烈犧牲、為國捐軀（算了我已經不知道說什麼好），幾個女生圍著大哭的班花盼雲，另幾個女生則是不可思議地看看我又看看楊在軒，接著再看看楊在軒又看看我。

「欸……」只有離我最近的小瑾，輕聲問我，「樂樂妳沒事吧？妳在發抖耶。」

中計了。

中計了中計了中計了中計了中計了中計了——

該死的楊在軒，去死吧你！

□

今天楊在軒不在。

聽說家裡有事請假沒來。

說也奇怪，明明就是很寬敞的辦公室，不知道為什麼，楊在軒在的時候就覺得有點擠，只剩我一個的時候，就覺得空間變得好大好大。透過玻璃我看向經理辦公室外面的企劃部，猛然覺得我在這家公司裡能說話、能一起吃午飯的對象竟然只有楊在軒一個。

天哪！這是怎麼了？

曾幾何時我的交際關係竟然狹窄到這種程度——

別說企劃部的男生，就連女生我也都不熟！

仔細回想起來，只有剛進公司的第一年是和大家一起坐在大辦公室裡，從第二年開始接到命令成為楊在軒的助理之後，就開始與世隔絕，跟楊在軒一起關在小小的經理辦公室，隨著日子過去，我在公司裡根本一個朋友也沒有了。

一想到這裡，我不由得猛然站起。

牆上時鐘指著十一點四十，平常這時我和楊在軒會一起出去覓食，但此刻的我暗自下定了決心，再這樣下去是不行的，我要拓展人際才可以。而拓展人際的第一步，就是從自己吃中飯開始！

我將手機和辦公室鑰匙塞進手拿包，脫下在冷氣房裡穿著的薄外套，一面深呼吸著，一面離開楊在軒和我的辦公室。

「余小姐要去吃飯了嗎？」座位最靠近辦公室門口的企劃部主任老溫向我打招呼，「外面太陽很毒喔，要小心防曬。」

「嗯嗯。」我笑著慢慢經過大家的座位，這才意識到原來企劃部裡的人也不少，跟當年初來乍到時只有小貓兩三隻的情況已經完全不同了。

走在豔陽高照又沒有什麼騎樓的大街上，有點迷失方向。已經很久沒有獨自在中午時出外覓食，楊在軒總是會想好午休時要去的店，我老是覺得他大概整個上午都沒有專心做事，只顧著盤算中午要吃什麼好。

但今天情況完全不同。

是選超商的義大利麵、國民便當好呢？還是繞到遠一點的巷子裡去找便當店和雞肉飯？或者往捷運站方向移動，那裡有炸雞也有麥當勞——

「樂樂小姐！真巧。」

「啊！你好。」我呆了呆，在紅綠燈前攔住我的不是別人，正是極品優質男齊子游。

唔，真是耀眼啊。

陽光笑容加上合身又優雅的西裝，看起來果然是極品。

「呵呵，今天太陽真的好大。」

「嗯，熱昏了。」我說。

齊子游和我，現在正一起坐在公司附近的咖啡簡餐店裡。

在路口碰到時，他提出了共進午餐的邀請。

基本上我沒想太多，反正只要能讓我早點決定去哪，少曬點太陽，怎樣都可以。

不過直到點完餐之後，有點尷尬的氛圍慢慢包圍我和齊先生，這才覺得有點不自在。

「齊先生今天來附近辦事嗎？」我問。

「嗯、來簽租約。我們公司也要搬來這附近了。之前的地方合約到期，房東要收回，想說改來內湖這邊找找，反正我們幾個合作伙伴的公司也都在瑞光路附近。」

「原來如此，所以新公司的位置就在這區囉？」

「是，以後就是鄰居了，要請妳多多指教。」齊子游說道，「今天真的很巧，本來就想問樂樂小姐是不是有空可以喝杯咖啡，沒想到竟然能相遇。」

「找我喝咖啡？有什麼事嗎？」莫非要套話，但我其實也不太知道什麼商業機密啊！

「呃……其實也沒什麼具體的事……」齊子游突然露出了害羞的笑容，天哪，好可愛。他有點窘地伸手摸了一下自己的後腦，「我剛剛是真的很高興能遇見樂樂小姐；因為，如果專程打電話給妳，反而不知道要用什麼理由約妳見面呢。」

喔喔這害羞的表情真是萌，斯文小生就是斯文小生。

我不禁笑道：「你的表情太可愛了喔，而且這種說法，會讓我誤會呢。」

「誤會？誤會什麼？」

「誤會你是不是——嗯，我隨便說說你別在意——我是說，可能會誤會，你是不是對我有意思、想追我之類的啊。」

說完，突然覺得自己有夠不要臉。完蛋了我真的是太有危機意識了，竟然也有到處撒網的一天！

齊子游的笑容持續著，並沒有改變，依舊是有點淡淡害羞的樣子。「是這樣嗎？不過，我呢，好像真的對樂樂小姐有好感。怎麼辦呢？」

「呵呵呵，你還真懂得接話。不過開玩笑要適可而止，不然我會當真喔。」

「當真的話會怎麼樣呢？」

「說不定會叫你帶著花來告白唷。」

「所以樂樂小姐是傳統派的呀。」齊子游換上了充滿興趣的表情，好像在研究實驗對象，「喜歡什麼花呢？玫瑰嗎？」

「不但大束而且還要大朵的深紅色玫瑰。嗯，仔細想想，我真的是老派的人喔。」

「我會好好記住的。」齊子游帶著令人安心的笑容說著。

話語剛好停在服務生送來簡餐的時間點上，他的羅勒青醬雞肉麵看起來不錯，我的培根蛋奶寬麵好像也挺香的。

「……好像很好吃……啊，抱歉，我接個電話。」話才說到一半，手機便瘋狂震動起來。楊在軒這傢伙怎麼這麼會挑時間啊！

「請便。不用客氣。」

——妳不在座位上是跑哪去了？

——我在吃飯，現在是午飯時間啊。

——開始吃了嗎？

我看著還未動過的義大利麵。

——吃了兩口。

——很好，結帳回來吧。

——什麼？！

你這傢伙是在胡說什麼啊？

都跟你說已經開始吃了。

——我現在在辦公室，總之快點回來。

——沒辦法。

——什麼叫沒辦法？

——我在跟，嗯，朋友，對，跟朋友吃飯。

——好吧。

楊在軒倒也沒再多糾纏，爽快地掛上電話。我放下手機，不好意思地苦笑，「我老闆打的。」

「啊，痴心二少！」

「噗，每次聽到這個行走江湖的外號就覺得超搞笑。」

「有這麼搞笑嗎？」

「不只搞笑，根本就是不可思議啊。」

齊子游微笑著，以優雅的方式捲起麵條，「可以告訴我為什麼嗎？」

「唔……告訴你當然是沒問題，不過，你為什麼想聽呢？」

「因為知己知彼，百戰不殆。」這時他的笑容，多添上了幾分神秘，以及深長意味。

也是啦，畢竟曾經是情敵關係，大概是想知道對手到底是哪種程度的人。仔細想想應該也沒什麼特別不能說的事，那就「稍微」聊聊楊在軒這個人好了。再怎麼說，對著他這麼多年，想不清楚他的事都很難。

楊在軒他喔，該怎麼說才好呢？

是個表裡不一的人。

不是那種很邪惡的表裡不一啦，只是他很少會表露出自己真正的感情。喜歡的東西不會說喜歡，但久而久之就會發現他特別常去哪些店、點哪些菜、喝哪個品牌的咖啡、穿什麼顏色的衣服，而且幾乎一旦列入他的「喜歡」清單裡，就幾乎不會有被刪掉的一天。生活方面完全不喜新厭舊，如果光從生活習慣來看，他對某些東西的執著，真的當得起那個用來「行走江湖」的外號。

我為什麼會這麼了解?喔,因為我從高中就認識他了,我們是同班同學,而且有陣子還被他整得很慘。嗯……那部分就不提了,反正也不是什麼美好回憶。

總而言之,雖然他好像對什麼事都很隨性,其實偷偷在意的事很多。這種雙重性格有時還滿好用的,但對他不了解的人,會覺得他性格反覆無常吧。

這樣說,應該不至於讓楊在軒生氣吧。我一面說著,一面在心裡使用小天秤,覺得自己沒有爆太多料。

齊子游若有所思地看著我,好像真的對楊在軒充滿了興趣似的,「樂樂小姐跟二少的感情很好呢。」

「我們是高中同學,大學也念同間學校,畢業沒多久又開始一起工作,所以有一定程度的了解……這就像室友,一起住了很多年,不管喜歡還是討厭,總是多少會了解對方。」

「這麼說也是。」齊子游十分同意似地點頭。

一回到辦公室,就看見桌上放著外帶壽司的紙盒。

楊在軒斜倚著我的桌邊,雙手抱胸,一臉不悅,「妳知道為了買這家的壽司我排隊等了多久、又開了多快的車回來嗎？」

「我不知道。我只知道我沒叫你買喔。」

「虧我還擔心妳一個人吃飯會寂寞空虛覺得冷，哼，沒想到還有『朋友』來找妳一起吃飯……人氣很高嘛。」

「是我今天感覺異常，還是你真的在吃醋？我又沒說是『男的朋友』。」錯過高級壽司，你以為我就不心痛嗎？我也知道這家排隊名店人多價高難停車啊！

「根據我對妳的了解，妳這幾年唯一的異性友人應該只有幫妳做頭髮的那個偽娘設計師吧。」

「人家小薰才不是偽娘！而且，你也太看不起我了！我今天就『剛好』跟『男的朋友』吃飯，怎麼樣？」

「給我一個名字。」楊在軒抬高那線條漂亮的下頦，居高臨下地說道，「說說看是誰。」

「說就說難不成還怕你。我今天，跟 C&B 的齊先生一起吃飯，怎樣！」

楊在軒擺明不信，「妳什麼時候跟姓齊的約吃飯了？我沒看到 booking 啊。」

「巧遇啦。在路上碰巧遇見的。」懶得理你，下午的事如果做不完，都是因為你佔用我的時間！

「有沒有這麼巧？他來這附近幹嘛？」

「他說 C&B 要搬來內湖，今天正好來簽約。」

「妳還真的遇見齊子游？」

「對啦，你幹嘛一直在這問題上糾結啊？這個，壽司怎麼辦？」我提起紙盒，「不能放太久……嗯？好輕……咦，怎麼這麼輕？」我大力搖晃著紙盒，但一點聲音都沒有，是空的。

「我吃掉了，一邊擔心著我們樂樂的安危，一邊悲傷地吞下去了。」

「那幹嘛把紙盒放我桌上？！」

楊在軒亮出招牌燦笑，「讓妳後悔沒等我吃飯啊。」

「這也太容易識破了吧？」我鬆手讓紙盒直接掉回桌面，有種「你這白痴為什麼薪水可以比我高」的疑問。

「……不過，只是在路上遇到，為什麼會一起吃午飯？」楊在軒完全沒理我三秒鐘前才說完的話。

「因為他邀我，我答應啊。」

楊在軒不悅地說道：「聊了些什麼？」

「沒講什麼……喔，對了，聊了一下你是怎樣的人，之類的。」

「聊我？還有呢？」

「聊了他，也聊了我自己，還聊了一下跟我們公司簽約的細節。」

「還有呢？」

「我想想，喔，還聊了那間店的義大利麵不錯吃，然後喜不喜歡吃麵之類的。」

「只有這些嗎？」

「嗯……有聊到說他很喜歡看恐怖電影，我也是。所以約了這週六如果大家都有空的話，就一起去看電影。」

突然覺得不對，奇怪我跟我朋友吃飯聊天的內容幹嘛跟你報告啊！

「妳要跟他去看電影？」楊在軒的聲音忽然放大，雙眼也同時炯炯發亮。

「你、你這是什麼表情……反正我已經很久沒去電影院看電影了，而且他說他有招待券，還送爆米花跟可樂——不對，我幹嘛解釋——你管我去不去，星期六我放假，愛做什麼就做什麼。」

楊在軒忽爾一笑，方才驚訝的神情瞬間煙消雲散，「誰說星期六放假了？又到了該加班的繁忙時期……」

我瞪著楊在軒，「我、不、加、班！」

「妳也知道，特殊加班費是平常的兩倍喔。」楊在軒換上熱烈的笑容，「加班不但有錢拿，還可以補休喔～我可以幫妳簽三天的假！」

連補休都用上了？

加班費又補休，這樣算起來其實公司讓我加班根本是虧錢嘛。

不過能補假耶，那就意味著可以在家整天玩電動……

「而且還招待晚餐唷！妳不是很想去吃法國菜嗎？我可以請客。」

一整個誘之以利，可是我已經答應了齊子游……

雖然不是非去不可，也不是我期待的戀愛約會，

但這麼久沒人（帥哥）約了，不去實在很可惜。

「聽說雅典娜飯店最近一季的米其林三星美食菜單已經出來了，這次有從日本來的主廚現場表演甜點秀呢。」

咚，擊倒。

04

站在籃球隊隊員專用充滿汗臭的更衣室裡我雙拳緊握。

午後的陽光從高處的氣窗射入，粉狀的塵、反射微光的置物鐵櫃、休息長椅，結合成一幅很不適合有我的畫面。

楊在軒趕走了所有隊員，彷彿已有了什麼覺悟似的，靜靜地垂著頭。

「……對不起，我沒想到妳會這麼困擾。」

「為什麼？」

「嗯？」

「為什麼是我？我看起來比較好欺負，是這樣嗎？」

「並不是！」楊在軒昂起頭，從上而下注視著我，那雙漂亮的眼睛裡，隱含著些什麼，我直覺地認定那就是他不願說的目的。

「我不覺得你是會無聊到開這種愚蠢玩笑的人。理由，真正的理由是什麼？」

楊在軒瞬間收斂起方才緊張而嚴肅的神情，換上痞痞的笑，「理由就是我喜歡妳。」

「你覺得我會相信嗎？」

「妳不覺得相信會比較好嗎？」

「理由，我再問一次，真正的理由到底是什麼？」

楊在軒用掛在頸肩的毛巾抹了抹臉，「我說了但妳不信。」他嘆了口氣，「可以就當作我欠妳一份人情嗎？」

「我不懂。」要了人家之後再說是欠我人情？這什麼邏輯。

「我有我的理由。」

「我知道你有你的理由，所以我不是在問了嗎？理由到底是什麼？」奇怪我說的話很難理解嗎？

「我更不懂了。」

楊在軒無奈笑著，搖頭，「如果可以輕易告訴妳，我一開始就會說了。」

「不懂什麼？」

「我只是想知道你拿我開玩笑的理由，並不是要追問你的殺人動機什麼的，這有什麼不能回答？」

「殺人動機……妳舉的例還真極端。」

「少給我扯開話題。」

「好、好，我已經深深感受到學藝提出的疑問了，但是，我可以過一陣子再告訴妳答案嗎？」

我看著楊在軒，他不像在騙我，但我卻很難相信他。

「為什麼過一陣子才要告訴我？」

「天哪妳問題還真多耶。」楊在軒苦笑，「我承認我那麼做，其實有些思慮不周，因為我也沒想過妳會這麼有種，竟然當著全班的面這樣問我。所以我很直覺、未經大腦就這樣脫口而出。我不是不知道妳很在意，但我也有我的想法。而這想法，我自己也還不明白它的全貌，一時之間我不知道如何解釋。但有一點我要說清楚，我從來就沒打算要拿妳開玩笑——」

楊在軒沒有迴避我的注視，他以相當坦蕩的姿態回應著我的目光，從他的臉上找不到一點心虛或說謊的痕跡。不知道為什麼，我相信楊在軒此刻所言非虛。

「我必須說，我沒辦法想像到底有什麼理由是需要思考後才能說明的。不過，既然你都這麼說了，我可以等。」

「謝謝妳。」楊在軒像是想起什麼似的，以一種補充說明的口吻接續，「也許關於我的謠言很多，但希望妳不要放在心上，最好當作沒聽到。」

被你這麼一說，我想不在意都很難。「……例如呢？」

「不知道。」他乾脆地搖頭，「什麼謠言都有可能。有的時候，眼見都不足以為憑，何況只是傳聞了。」

「也是。雖然你在同學面前表現得好像跟我有什麼見不得人的關係，但實際上完全沒有這回事，這就叫眼見不足以為憑對吧。」我必須承認自己已經開始在胡說八道了。

楊在軒背倚置物櫃，漂亮又迷人的眼睛看著我，「我現在能說的就是，我覺得，妳會是唯一能理解某些事的女孩。」

我聳聳肩，「完全不知道你在說什麼。但你應該是高估我的理解力了。」

說完我轉身想離開，對於這個充滿男性荷爾蒙的場所感到很不自在。腦子裡有些混亂，對於楊在軒帶著笑臉說著因為我喜歡妳而在瞬間感到震撼與動搖的自己相當厭惡，就像明知道對方是詐騙集團但還是動心想要付款那樣，覺得真是愚蠢至極。

我得快些出去吹吹風。

「等一下。」楊在軒冷不防伸手抓住我，「今天，一起做教室佈置吧。」

手腕處傳來的熱度讓我覺得有點暈，空著的左手拂開他的手，眼角的餘光注意到他那張稜角分明的臉。

一時間我的心跳加快，但與此同時心裡也湧上另一股妳少花痴了的吶喊。

「剩下的部分，我自己做就好。」

楊在軒的指尖確實地被我推開了。

走出籃球隊更衣室後，還沒來得及感受涼風帶來的清醒，倒是先看到了那天在腳踏車車棚的學姊。這次只有她一個人，纖瘦飄逸的她，烏黑的長直髮在夕陽下顯得閃耀。

但閃耀中卻帶著相反的孤寂，彷彿那耀眼亮光是白皚雪地反射出的陽光般，刺眼而冰冷。學姊站在我面前，我想也許她聽到了什麼愚蠢的消息而來，但連楊在軒的理由都不知道的我，並沒有什麼立場或者能耐向學姊解釋什麼。

學姊並沒有開口也沒有攔住我，她只是垂著雙手，以一種凝望著某個物體那樣的姿態看著我走出來的那扇藍色鐵門。彷彿目光落下的點正上演著什麼了不起的戲劇高潮，專注僵硬地注視著。

處於慌亂之中的我在和學姊擦肩而過的瞬間什麼也沒發生。

妳的愛情開始和結束都與我無關。其實我在剎那間想好了台詞，但並沒有發生想像中她伸手攔下我的那種戲劇化場面。

我愈走愈快。

後來幾乎是用跑的回到教室。

球鞋的鞋底摩擦著草皮、PU跑道、水泥地，最後是磨石子階梯和地板，一向討厭跑步的我不知為什麼在此刻想要跑步。手上的傷還在痛，心跳飛快，而且好熱。楊在軒在想什麼我完全無法理解，他的指尖留在我皮膚上的感覺隨著時間愈來愈清晰，我不懂。

□

被金錢、假期和美食擊倒的我，帶著必死的決心傳了LINE給齊子游。

——哈囉，星期六我臨時要加班耶，怎麼辦？真是不好意思，可以改時間嗎？

——這樣啊，那妳今天要加班嗎？

——今天？

——嗯，選日不如撞日啊。

——今天不用加班。

——那妳幾點下班？我去接妳。

——原則上是五點。

——好，我快到的時候打給妳。

看著電腦版的LINE，怎麼有種好像要去約會的錯覺。

『不行，余樂樂，人家可是難得的優質男耶，不知道有多搶手，像妳這樣不修邊幅，完全沒有女性自覺的類型，他怎麼可能看得上眼。』腦海裡出現了樂樂一號的勸告，雖然覺得很實在但卻也有種悲哀的感覺。

『唉我就是沒有女性自覺嘛。』樂樂二號出聲了。

『妳再這樣下去，有想過後果嗎？後果就是妳可能真的到了三十五歲那天就得嫁給楊在軒了。』

『……別這樣嘛，平心而論楊在軒也很優質啊，高富帥耶。』

『問題是真到了那一天人家願意娶妳嗎？妳難道把楊在軒的話當真啊？不會吧妳。』

就這樣，腦海裡的樂樂一號和樂樂二號不知為何開始爭執，我忍不住伸手敲敲腦袋，再這樣下去我早晚會變成人格分裂。不過只是去看場電影，這只是一般人的正常社交，樂樂一號和二號妳們是有完沒完啊？給我收斂一點！才剛這麼想，馬上又喝止自己，跟她們對話是在助長她們啊，嗚嗚嗚。

接近五點時從營業部送來了一份緊急文件，之前我們企劃部提出的意見需要修正，平時的楊在軒和我當然馬上二話不說開始研擬，不過今天的我並不想加班，而且還約了人。

四點五十五分時齊子游傳了LINE給我，他已經到了，就停在公司一樓的超商門口，還很貼心地告訴我，他的車是白色本田。

我盯著螢幕，很快就確認這份文件必須花上很長的時間。

「……那個……你今天晚上，有約嗎？」我問楊在軒。

「沒啊。」

「也不需要早點回家？」

「不需要。」

「可以晚歸？」

「妳想約我嗎？」楊在軒的聲音帶著笑。

「不是耶，我想麻煩你一個人搞定。」

「什麼？」楊在軒敲打鍵盤的手明顯停了下來。

「我今晚跟朋友有約……不能改時間，他已經在附近等我了……」

楊在軒不置可否，「好啊。我來處理。」

這傢伙竟然答應得如此爽快？！

「很不好意思……」

「對啊，竟然有助理先走，老闆加班這種事發生，我管教無方啊。」

「說話還真酸。」我哼了哼，「不然你也先走，明天我再來做，就算明天加班到午夜，也一定做完。」

「算了，人家上面都蓋著『緊急』的大印章了。」楊在軒說著，從椅上站起，「妳朋友不是到了嗎？就走吧。」

「喔喔，」我草草收拾，關上電腦，拿起皮包，「那我先走了。」

楊在軒伸展著身體，「一起出去，我要去樓下買咖啡。」

公司一樓有間滿寬敞的便利商店，視線穿過便利商店的玻璃我看見齊子游說的白色本田。不是很高調的車，跟楊在軒的誇張風格迥然不同。

「欸那我走囉。」我說。

楊在軒霎時露出了被拋棄的寵物般的可憐神情，但還是揮揮手，「明天見。」

「明天見。」

才一轉身，馬上就從玻璃的反射看見其他部門的女同事熱情地衝向楊在軒。這情景怎麼跟當年在學校的時候一模一樣呢？楊在軒沒什麼改變，只是現在衝向他的女孩們收斂多了，不會一開始就坦率地投以熱情無比的目光，而是輕巧的試探，用精緻微笑暗示著這是命運般的巧遇……

玻璃反映著楊在軒不甚清楚的微笑，似乎有點累，但也許是我看錯了。

我抓著皮包背帶，快步走出了超商。

□

「不好意思，讓你久等了。」我坐上副駕駛座，拉起安全帶。

齊子游微笑著，「等待不是壞事，可以趁機喘口氣。」

「哇，好正面喔。」

「聽說大部分的女孩子都比較喜歡憂鬱小生，正面思考好像不是很受歡迎的特質。」

「會嗎?我覺得正面思考很好啊，我反而比較怕整天都在耍憂鬱的男生，感覺自己的心情也會被影響。」

「所以，跟憂鬱小生比起來，樂樂小姐比較喜歡陽光開朗型的囉？」

我點點頭，「跟開朗的人在一起，自己也會開心點，不是嗎？」

「樂樂小姐果然人如其名啊。」齊子游微笑著發動車。

「呃，這結論讓我不知道說什麼才好。」

到了購物中心的影城後，我們匆匆買了飲料和Subway，看著大廳裡兩兩成雙的情侶，我突然意識到已經很久很久沒有和男生單獨看電影了。

不，這麼說其實不太對，應該說，很久很久沒有跟楊在軒以外的男生看電影了。仔細想想，這是種很怪異的情況。在沒有男友的這些年裡，我仍然常看電影，而且電影伴幾乎有九成九都是楊在軒。到底為什麼我連看電影都擺脫不了這個人呢？就是因為老是有他在，一點也不缺伴，所以我才會這麼墮落，完全沒有好好的撒網捕魚吧？

可惡！一定是因為這樣！

認真回想起來，不管是想吃高級料理、想看電影還是想出去玩的時候，楊在軒總是會「適時」出現，充當司機和信用卡，完全養成我依賴的習慣！難怪我一直安於現狀，覺得好像沒有男朋友也不會怎樣——

這樣是不可以的！

「可以進場了。」

齊子游的聲音把我拉回現實，我呆了兩秒才點頭，而且臉頰還突然發燙——余樂樂妳到底在想什麼，不好好把握跟帥哥看電影的幸福時光，在那邊自我檢討個什麼勁兒啊？！現在才不是分析單身原因的時候咧！

「怎麼了？」

「沒事！哈，沒事，我，剛剛有點恍神了，不好意思。」我擠出久違的撒網用笑容，卻覺得生硬無比而且嘴角就快抽搐。「走吧，我們進——」

「啊，這不是——弟妹嗎？」

有點熟又不算太熟的聲音在距離我幾公尺處響起。

這世界上會故意這樣叫我的只有一個人了。

「泰軒哥，你又亂叫。」

「真的是妳，我沒認錯。」

眼前這位和楊在軒乍看下一點也不像，但細看又覺得眉宇間有幾分神似，穿著打扮完全走高調巴黎時裝風，留著一小片mustache，頭髮部分染成棕紅色的知名設計師，正是楊家人口中的「不肖子孫」，楊在軒的大哥楊泰軒。

「好久不見了，弟妹最近好嗎？我們在軒最近好嗎？有沒有天天手牽手一起放閃啊？」泰軒哥從以前就一直存在這種錯誤的觀念，而且已經嚴重到我這幾年都懶得糾正。「在軒那小子呢？怎麼沒見到人？」

「我是跟朋友一起……」差點忘了齊子游在旁邊，「我來介紹，這位是齊子游齊先生，他是在軒的朋友James的同學，也是我們公司的合作廠商。這位是楊泰軒楊先生，楊在軒的大哥。」

齊子游將電影票塞進口袋，空出手，「你好，敝姓齊。」

泰軒哥伸手一握，「——長得滿帥的嘛。為了這位齊先生弟妹要拋棄我們在軒嗎？我太傷心了。」

把話說成這樣，擺明不給我裝死的機會，「泰軒哥你又來了。」我轉向齊子游，尷尬笑笑，「泰軒哥很愛開玩笑。」

「哈哈，我朋友來了，那麼再見囉。弟妹妳放心，哥不會跟在軒打小報告的。改天一起吃個飯吧，Bye！」

呃。

說不會就代表一定會，我可不是第一天認識泰軒哥啊！

「泰軒哥你別跟楊在軒亂說喔！」我忍不住朝著他瀟灑轉身的背影喊道。唉，有種不太妙的感覺。

「原來妳跟楊在軒是那種關係……」齊子游似笑非笑地看著我。

「沒有啦，是泰軒哥喜歡亂點鴛鴦，我鄭重聲明，我跟楊在軒絕對沒有什麼見不得人的關係。」

「戀愛關係不算見不得人。」

「也沒有戀愛關係！」要是有的話早就修成正果了，我還用得著在這裡撒網捕魚、楊媽媽還需要老是幫他安排相親嗎？

「所以說，詠婕還有機會囉？」

「……你跟詠婕小姐很熟？」

「滿熟的，我爸和梁伯父是學長學弟，所以我們從小就認識。」

「喔。」可樂紙杯的水珠讓我覺得手心有點濕冷，不知為何心情有幾分不快。「所以你今天約我是想要幫詠婕小姐打聽，我跟楊在軒是什麼關係嗎？」

齊子游一怔，連忙解釋，「妳誤會了。」

「我跟楊在軒認識很多年，同學又同事，不過也就只是同學跟同事。麻煩你轉告詠婕小姐，她可以盡情下手沒關係。」愈說心情愈不爽。

齊子游看著我，謹慎地點頭，「我知道了。樂樂小姐，我想我必須澄清，詠婕曾經和我聊起妳和楊在軒的關係沒錯，但她並沒有要我打聽什麼；我之所以約妳外出，是因為我覺得我們好像聊得來。希望妳不要有所誤解。」

拿著可樂的手更濕了，「……要開演了，進去吧。」我說。

「我好像，讓樂樂小姐不開心了。」齊子游在送我回去的路上這麼說。「因為詠婕的事嗎？我真的不是特別要幫她打聽什麼。」

「嗯。」

「好簡潔的回答。」


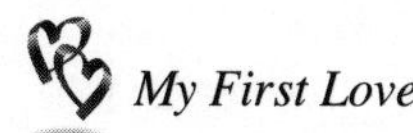

「還好吧。」
好吧其實還滿不爽的。
但到底確切在不開心什麼，我並不清楚。
是因為詠婕小姐對我跟楊在軒的關係很好奇所以不高興，還是單純因為齊子游說錯話而破壞了心情呢？我自己也不明白。
唯一很清楚的，就是我跟楊在軒真的應該要好好保持距離了。
再這樣下去，就算到了六十歲我一樣結不了婚。
「不過——我自己也很好奇樂樂小姐跟楊在軒之間的關係。」齊子游的口吻輕輕的淡淡的，但卻有種難以忽視的力道，「我好像上次說過，知己知彼百戰不殆。」
不會吧原來你是替自己問的！
楊在軒跟齊子游——
好吧至少兩個人站在一起畫面會很賞心悅目……
「怎麼了？表情好凝重。」齊子游擔心地看著我。
我摸著臉頰，「有嗎？」
「——樂樂小姐，現在有交往的對象、或是喜歡的人嗎？」
「沒有。」我想都沒想便回答。有的話還需要這麼辛苦撒網嗎？

「而且跟楊在軒也不是戀愛關係？」

「不是。」這次不是想都沒想就回答，而是非常斷然。

齊子游嘴角勾出漂亮孤度，「很好。」

「很好？為什麼很好？」證明我沒有男人緣很開心是嗎？跟你預料的完全一樣所以覺得自己很厲害？

「這樣，我就可以放心追妳了。」

□

「咦，姊回來啦。」亮亮穿著睡衣從浴室走出來，用大毛巾包著長髮，漾著一股沐浴乳的香味，「沒聽到姊進門……看起來很累，是又加班了嗎？找個機會跟楊在軒說說，休個長假吧，總覺得姊一直在累積長期壓力，這樣可不行。我跟妳說，今天我真的是被我們班上的怪獸家長氣瘋了！有個小鬼連續三天都沒交作業沒帶聯絡簿，我不過就是打個電話去他家關心一下，結果他媽竟然直接嗆我耶，說什麼不過就是幾天沒寫作業是有什麼——」

「亮亮。」我打斷她。

她一面解開大毛巾，一面用毛巾吸乾長髮的水分，「怎麼啦？」

「……我被告白了。」

「真的假的？！是誰？」亮亮瞬間跳進沙發，用力推我。「快！怎麼發生的，說來聽聽！」

——其實在那次James的歡迎會之前，我就見過樂樂小姐了。不能說很多次，但印象中只要楊在軒出現，樂樂小姐也會在。樂樂小姐一直給我一種很清新，很爽朗的感覺。也許這樣說不太禮貌，但看著樂樂小姐在之前那些聚會裡格格不入的樣子，其實很可愛。我想，我就是被這樣的樂樂小姐慢慢吸引了吧。

齊子游如是說。

「……所以他的意思是，他偷偷注意妳很久了？」亮亮露出思忖的表情，敲著下頦，「而且他覺得妳在那群人生勝利組裡很突出？他根本就是看膩了那些千金小姐吧？」

「好像是。」我現在非常混亂，不太能思考。

「姊覺得這個姓齊的怎麼樣？」

「我今天中午第一次跟他單獨吃飯、晚上第一次跟他單獨去看電影，我甚至不知道原來在James歡迎會前就見過他——我對這人根本完全一無所知。」我捂著臉，「好混亂，超混亂的。」

「混亂什麼啊姊。」

「——就——這是一種很複雜的感覺妳懂嗎？其實之前楊在軒還開過我玩笑，說齊子游可能對我有意思。當時的我覺得嗯嗯這人很不錯，長相不錯又自己創業，還是什麼足球世家，條件很好，有一點點一點點期待……可是後來又覺得齊子游條件很好，我配不上，就沒再多想。但今天……今天的發展完全、完全……哎，我不知道該怎麼說才好。」

亮亮眨著眼，神采飛揚，「姊根本不用多想，就接受啊！試著交往看看就知道啦！反正聽姊這樣說，也知道姊並不討厭這個人嘛！既然如此，那就給彼此一個機會，不需要想太多！」

「話是這麼說沒錯……可是我總覺得這一切很不現實……」

糟了，怎麼覺得有點頭痛？

這不是被極品告白應該有的表現吧？

而且，為什麼腦海裡閃過楊在軒的身影呢？

「姊，妳應該要開心才對吧？為什麼一臉困擾呢？」亮亮縮回身體，刻意拉開距離，「姊是在意楊在軒嗎？」

「我在意他幹嘛？」雖然不承認，但不禁覺得亮亮妳太聰明了！

「跟楊在軒切割吧，劃清界線！」亮亮正色說道，「我其實早就想說了，楊在軒既然跟姊只是朋友，那就不該走得這麼近。不但會影響到妳跟其他人正常交往，其實楊在軒自己也會受影響吧？換個立場想，如果姊是楊在軒的女朋友，妳能接受他身邊還有這樣一個黏得緊緊的助理存在嗎？」

亮亮——

說得完全沒錯！

雖然我也想過楊在軒女友們的心情，但他那換女友的速度根本就快到讓我還沒來得及記住她們的名字就得開始忘記。然而無論是誰、怎樣的女孩，都不會允許所愛的人，身邊有著像我這樣的存在。

然而我卻瞬間想起楊在軒高中時的笑容，是如此閃亮。

「……姊在想什麼？」亮亮從沙發上起身，「我要去吹頭髮了。要怎麼做當然是姊自己決定。但站在我的立場，姊還是把楊在軒身邊的位置空出來吧。我想，對姊對他這樣都會比較好。」

亮亮語畢，帶著她的大毛巾進房去了，我窩在沙發上，雙手抱膝縮成一團。

我不是很理解自己，好幾年沒人跟我告白，所以我已經忘了該如何「正確反應」

了嗎？像齊子游這樣的男人，就算只認識一天就跟我求婚，我也應該要爽快答應才對吧？為什麼我一點都沒有開心雀躍幸福害羞的感覺，就連虛榮感也完全沒出現……

皮包裡的手機發出微弱的提示音。

我拿出手機，齊子游和楊在軒都傳了訊息來。

——希望我今天的表白沒有嚇到妳，我是認真的。

——齊子游那傢伙到底想怎樣？！

我就知道泰軒哥是大嘴巴！

我把手機往沙發另一端拋去，超大桃紅兔吊飾還彈了一彈。我反手抓來抱枕，把臉埋在抱枕上。

「呸呸！全都是貓毛！啾啾！」

這時，貓毛元兇啾啾高舉尾巴從亮亮的房間踱出，得意地喵了一聲，大搖大擺地從我面前經過，而且中途還停下來抓著地毯伸個懶腰。

「余亮亮，妳說妳會負責清貓毛我才同意養貓的！」我拚命抹臉，但長毛波斯貓的貓毛可沒那麼容易擊退。

「夏天嘛，毛不多掉一點會很熱~」亮亮毫不在意地喊著，「對吧啾啾！」

「喵嗚。」啾啾竟然得意地回應——

好吧，我認輸了。

我不是這一人一貓的對手。

我放下抱枕，不情願地從沙發上起身，這時手機又響起 LINE 的提示音，但既不是齊子游也不是楊在軒。

是女神詠婕小姐傳訊息給我。

□

教室佈置在某人乖乖配合、而且我急於結束的情況下很快就做完了。由於我的小心翼翼，所以八卦的延燒似乎沒有持續太久。

教室佈置完成後，我再也沒和楊在軒說話，甚至連以前偶爾會說的早安再見也省去。有幾次楊在軒在走廊上跟我擦肩而過時曾出聲喚我，但我完全充耳不聞。我放學繞路，上學提早，為的就是要撇清。

還好，效果比我想像中明顯。

閒言閒語和一些女同學的目光終於有緩解的趨勢，看著我跟楊在軒形同陌路，大家好像露出了「意料之中」這樣的表情。我並沒有深思那樣的表情，到底是期盼楊在軒很快地甩了我還是我主動退開這根本不重要，重點是我跟楊在軒從一開始就不是「那種關係」，以後當然也不可能。

但我沒料到的是，楊在軒並沒有像大海裡的瓶中信，隨著時間洋流愈漂愈遠，反而有種愈來愈常見到他的感覺。

比方說，這陣子常常在捷運車廂裡看見他——

這人不是應該要在籃球隊練習嗎？

或者在南陽街的補習班前買晚餐時也會看見他——

這人不是資優生不用補習的嗎？

又或者在學校旁的早餐店排隊隊伍裡看見他——

明明到現在都還收到滿桌愛心早餐、還跟其他隊員換早餐吃，到底幹嘛要去早餐店啊？

那天早上天氣陰陰沉沉的，明明已經到了十月份但秋意沒來暑意仍在，低矮的雲朵佔據了整個天空，從捷運車廂看出去，只覺得天際線格外沉重，看不見一絲陽光。

走出捷運站沒幾步就下起了毛毛雨，我隨便找了個屋簷暫避，努力地想從書包裡掏出傘——人要是倒楣的時候，喝涼水也會塞牙縫——果然沒帶傘。我嘆了口氣，猶豫著要在半路上的便利商店買雨傘、還是一鼓作氣頂著書包狂奔到學校。我望著天空，樹葉開始顫動，水氣漫漫。

忽然間，天空被遮去大半。

楊在軒的傘無聲地籠住我，他沒說話，只是為我擋住了變大的雨。

我有點不知所措，不知道該不該移動腳步。

想到要跟他共用一把傘，就覺得之前我所做的努力完全白費。

「……」楊在軒忽然抓起我的手。

「你幹嘛？！」

「……」他依舊沒有說話，但卻把傘柄塞進我手中。

下一秒，他頂著書包飛奔進雨中，薄薄的制服襯衫瞬間濕透。

走進教室時，我跟其他同學一樣把傘掛在教室後，楊在軒已在座位上，面前有著幾包面紙和兩三條毛巾，濕透的襯衫貼附在他的背上，如果吹了風一定會著涼。我保持著沉默走向自己的座位，等到準備朝會時才瞄到，不知何時他換上了籃球隊隊服。

那天的雨一直下個不停，到了放學的時候還變本加厲，連雷聲都出現了。從教室窗戶往操場看，只見一片灰濛水氣。

我只能冒著雨回去了。

「哇什麼鬼天氣……」小瑾湊過來我身邊，「幸好我們都有帶傘。」

「我沒帶。」

「妳沒帶？」小瑾戳我一下，「少來，妳明明來學校的時候全身都是乾的。我們班的女生幾乎都有帶傘啊，倒是男生，一個比一個慘。」

「總之我沒帶。」

「敢情妳是穿雨衣？」小瑾揹起書包，「我要去社團找學姊，先走了，Bye！」

「嗯，明天見。」

轉身目送小瑾時，楊在軒的座位已空無一人，但他的傘卻留在教室後方沒拿走。這傢伙忘了自己有帶傘嗎？一大早淋雨，回去又淋雨，而且現在還是大雷雨，到底在想什麼啊？

我怔怔地看著那把便利商店裡常見的透明傘，想到楊在軒早上在雨中奔跑的背影。

這個白痴。

值日生這時關上了教室電燈，準備鎖門。

我揹起書包，一面感受著沉甸甸的重量，一面走向後門，伸手拿起了那把傘。

要離開中正樓、踏入大雨之前，我和階梯旁的楊在軒四目相交。我以為他早就走了，回家或者去籃球隊練習，但沒有，他雙手插在口袋裡，斜揹著書包向我投來求助的笑容。

「打雷閃電呢。」楊在軒射出楚楚可憐的目光。

「你忘了傘。」我伸長手，把傘遞給他。

楊在軒並沒有遲疑，爽快地接過傘、撐開——

並且以迅雷不及掩耳的速度勾住我，順勢一帶——

我和他就這樣同時踏進了那場大雨中。

「你這是幹什麼?!」

「撐傘啊。」

「我說的是你左手!」

「固定住妳啊。」

「你幹嘛固定我?快放開!」我知道我的臉正漲紅。

「不好好固定妳，我們兩個都會淋濕的。」楊在軒的身體很燙，手臂也是。

不太對勁。

燙到不行。

我放棄掙扎，抬眼看著他，「你怎麼那麼燙?」

「有嗎？是妳太冰了吧。」

雖然在心裡想著這是莫名其妙的對話，但我仍忍不住又問，「你是不是發燒了？因為早上淋雨的關係？」

「開玩笑，哪有那麼虛。」楊在軒仍然很有力，緊緊「箝」住我。

「……沒發燒就好。喂，重點不是這個，你快放開我！」

「妳不要掙扎，拉拉扯扯的很難看。」

「你也知道很難看，那就快放手！」

「妳乖乖的！」楊在軒呼吸的熱氣噴在我臉頰上，他低頭湊近我，「如果我再淋雨一次，說不定真的會感冒發燒喔。」

「所以傘給你用嘛！」我雖不高大但很威猛，自己回家 OK 的！

「不行，我們如果一直沒有相親相愛，大家會誤會我們分手的。」

「心機鬼！」而且我跟你又沒交往哪來的分手？

「妳看，其實一起撐傘也沒有很難，不知不覺也走了這麼遠呢。」楊在軒突然漾起微笑，注視著前方，「大家都看到了，我們感情還是很好。」

「誰跟你感情好！」

「不要激動，這樣會熱吧？」

「還敢說？！是誰讓我這麼激動的？！」天哪這個人到底是怎麼回事？

好不容易到了捷運站，楊在軒終於鬆開了緊緊「箝制」我的手。那一瞬間我有種其實他好像真的生病發燒的錯覺，但他那跟天氣完全形成對比、陽光到不行的笑容蓋過了一切。

「妳今天不用補習、直接回家對吧？」

我差點沒後退一步，「你怎麼知道？」

「妳星期四補徐薇英文、星期五補赫哲數學。」楊在軒微笑著。

「……雖然說這不是什麼很難查到的資訊，但你為什麼要記住我補習的時間？超奇怪的……」

「多了解妳不好嗎？」

「不用了謝謝。」

「妳出站之後是不是還要走一段路才能到家？傘給妳吧。」楊在軒把傘柄遞給我，「看這天氣，雨是不會停的。」

「你不是才說，如果再淋一次雨就會生病嗎？捷運站裡有Seven，我可以去買傘。」我指了指便利商店的招牌。

楊在軒這次並沒有很堅持，他縮回了手，微笑著，「嗯，也好。今天的進度這樣就可以了。」

「啊？你說什麼？」

「沒什麼，妳快進站去吧，我也要回去了。」

「喔。」

「明天見。」

「……」

雖然應該說句再見什麼的，但我一時間說不出話。楊在軒有一半身體在滴水，我卻沒怎麼淋濕。好像應該對他說句謝謝，但一想到他的心機就覺得又被利用了。帶著這種複雜的心情，我看著楊在軒伸手拍去身上和書包的雨水，不知如何是好。

楊在軒並沒有轉身離去，他仍看著我。

那雙閃耀著光芒的眼眸裡，有著我無法理解的情緒。

最後我轉身了，想著這算什麼尷尬的送別，一面跑步衝進捷運入口，書包還差點撞到別人。

真糟糕。

我到底在幹什麼啊？

□

——樂樂小姐妳好，在忙嗎？有空能聊聊嗎？

看著手機螢幕，有種莫名其妙的感覺。

基於好奇和禮貌，加上懶得打字，我決定直接撥電話給詠婕小姐。

她大概也正盯著手機螢幕看吧，瞬間就接通了。

「不好意思，這麼晚打擾……」一點背景音都沒有，大概在很安靜的地方。

「不會，詠婕小姐找我有什麼事呢？」

「嗯、樂樂小姐跟在軒從高中就認識了，一定很清楚他的喜好吧？其實我想向樂樂小姐打聽，在軒有沒有特別喜歡的酒。」

「那傢——他——白酒喜歡夏多內，紅酒喜歡卡本內蘇維翁，嗯……不太喝清酒或中國酒。也不喝啤酒。印象中偶爾也喝梅洛吧。」

「我就知道問樂樂小姐就對了。」詠婕小姐聽起來心情不錯，「我想邀他一起參加品酒會，妳知道品酒會吧？」

知道，就是把一瓶幾千幾萬幾十萬的好酒含一口在嘴裡漱了漱之後再吐在銀製桶子裡的行為。

「嗯，這樣啊。」

「妳覺得在軒會有興趣嗎？」

「我不清楚耶，可以邀邀看啊。」

妳為什麼不問他本人呢？

如果我說他沒興趣妳就不邀了嗎？

「我一直想找出一些我跟在軒的共同嗜好，不過他對開遊艇、騎馬好像都沒什麼感覺。」

楊在軒雖然家境不錯，但並沒有到那種身家百億、車庫裡有三十輛藍寶堅尼、賓利、蓮花的程度，他還是得花時間工作的。

「他還滿熱衷於工作。」我隨口答道。

「對啊，這點讓在軒真的很與眾不同……我認識很多男孩子，仗著家裡有事業，完全不認真工作，整天想著怎麼花錢。在軒就不一樣了，看得出來他很努力呢。」

「喔？看得出來嗎？」

「嗯，每次出去他都一直看著手機，怕公司臨時有事需要他。」

屁啦，我從來就沒看過他這樣。「怕公司臨時有事？」

「對啊，我以前都不知道企劃部工作也像業務部一樣要隨時待命，真的好辛苦。」

這傢伙最好是有這麼認真。

別的事不敢說，我當他助理這麼久了，對，沒錯，他對工作是盡心盡力，但也沒有神經質到連休息時都在滑手機關心公司這麼嚴重。而且，企劃部耶，到底有什麼事需要他二十四小時這麼緊張待命？

怎麼覺得詠婕小姐看到的楊在軒，跟我所認識的完全不一樣啊？

而且，楊在軒所在的企劃部跟我待的企劃部好像也完全不同？

完全，無法理解。

05

第二天一早踏進辦公室，楊在軒的背影就映入眼中。

淡灰色襯衫是他喜歡的基本款，西班牙牛皮腰帶和講究的上海老師傅訂製西褲也是傳統但不敗的款式。

楊在軒站在落地窗前，一語不發。

跟平常熱情如火又嘮叨的他完全不同。

「……你沒事吧？」

「已讀不回很討人厭，妳知道嗎？」他沒有轉身。

「喔唷，你問的問題我很難回。」我把皮包放好，拉開椅子坐下。

楊在軒霍地轉身，雙手抱胸，眼神銳利，「昨天中午才跟齊子游吃飯、晚上又接著一起看電影，現在是什麼情況？」

「本來約星期六看電影，但你不是說要加班還要請我吃飯嗎？所以我就傳訊息說要取消，但他說選日不如撞日，所以就決定昨天晚上去看電影啦。」

「——他是不是想追妳？」

真是個坦白又毫不掩飾的問題。

我其實可以輕易回答，這不是什麼難以啟齒的答案，我跟楊在軒也不是不能談論私事的關係，然而空氣中卻瀰漫著一股令我覺得難堪的氛圍。

楊在軒的語氣好像齊子游在他鞋裡丟了個圖釘似的尖酸暴躁又帶著怨憎。

「你問這幹嘛？」

「是不是想追妳？」

「這裡是公司，我拒絕回答私人問題。」我決定以稍微冰冷的語氣回答。

不能說沒看過，但確實很少——

看見楊在軒寒著臉的樣子。

像是冰一般的雙眼帶著寒氣看著我，緊抿著雙唇。

他的身上好像會開始覆蓋一層薄薄的霜吧。

我這樣想著，打開了電腦和螢幕。

但事情並沒有這麼容易就結束。

雖然寬敞但只有兩人的辦公室裡，若是其中一個人生著悶氣，另一個就算想完全無視、各忙各的，也很困難。

不管我多努力想要專心處理工作，只要一想到楊在軒正站著、氣鼓鼓地看著我，就覺得難以忍受。

為什麼我會知道他還站著呢？

因為他擋住了落地窗射入的陽光，而且也沒有發出任何滑鼠或鍵盤該有的聲響——大概還維持著同一個姿勢吧——

如果是平常的我，很快就會投降。會裝可憐地要楊在軒別生氣，或者更乾脆的辦法就是我比他更生氣，總之我不喜歡僵持，非常不喜歡。

然而今天的我卻不打算這麼做。

要冷戰還是要耍性子都隨便好了。

不管是他生氣我安撫還是我生氣他安撫，都不應該存在於我和他的關係中。經過昨晚我深刻明白的一件事：

楊在軒不是我的戀人。

任何跟公事或者基本社交無關的部分，都應該清楚斬斷——

忽然楊在軒移動腳步來到我身邊，伸手鬆開領帶、彎下腰把那張漂亮但充滿寒意的臉朝我貼來，他的呼吸就這樣撲向我。

「你、你要幹嘛？！」

他的眼裡有我的倒影，瞬間心跳亂了幾拍。

「余樂樂。」他的口氣有淡淡的薄荷味，那傢伙十幾年來都用同個牌子的漱口水。

「你到底要幹嘛？快點往後退、好有壓迫感。」

「不、可、以、答、應、姓、齊、的！」依舊寒著臉的楊在軒將一句話分成單字唸出，聽起來有夠不舒服。

再 0.5 公分他高挺的鼻就要碰到我。

我使勁把頭往椅背方向靠，想拉開距離。「為、為什麼？」

楊在軒猛然打直身體，重新拉好領帶，嘴角浮起極輕佻的笑，沒回答。

「拜託你不要一邊笑一邊弄領帶好不好？！會讓我有奇怪的聯想！」我忍不住叫道。

「如果是樂樂的話，對我有任何聯想都很歡迎唷。」楊在軒笑得像是我們從來就沒吵過架那樣，接著他伸手在我下頰輕點一下，「總之，不許再跟姓齊的出去；不，是不許再跟任何閒雜異性出去，知道嗎？」

「你到底在說什麼？你瘋了嗎？這是我的私生活耶，你有什麼資格管我？」

楊在軒彷彿在欣賞我發怒似的，淡淡笑著，「我當然有。」

「屁。」糟了我一定是受了亮亮的影響。

「只要記住一件事就好——」楊在軒又彎下腰把臉湊近我，這次更近、近到他的唇拂過我的鼻尖。

就在我呆掉的同時，他對我低語：

**妳是我的。**

□

今天整天學校裡都瀰漫著一股微量的興奮。

即使懶得八卦如我，也從小瑾那裡得知，今天是高中籃球聯賽的冠亞軍戰。一想到籃球賽就覺得與我無關，像我這種痛恨運動又不懂規則也對汗臭敬而遠之的人，無論如何也不會想去湊熱鬧。但是籃球隊的粉絲們就不一樣了，她們為了今天還準備了加油看板和毛巾礦泉水，更積極的幾個還一早就先拿了幾疊書去佔住最靠場邊的位置。

「樂樂，要不要去看球賽？難得我們學校今年爭冠亞軍耶，前年只有第三名、去年更慘，連四強都沒進哩。」小瑾挨著我，「楊在軒是不是已經去體育館啦？他是主力球員耶，妳不去看嗎？」

「我看不懂啦。」我收拾著書包，「而且我晚上要補習。」

「哎唷補習班不都是六點半才開始嗎？比賽完再去也還來得及啊。而且妳真的應該去看看的。」小瑾挨得更近了，附耳說道，「妳都不知道大家多想看好戲。」

「什麼意思？」

「好像有一年級的學妹主動說要替楊在軒送水送毛巾。」

「很好啊。」

「那個學妹長得很可愛喔。」

「長得可愛是好事啊。」不然呢？難不成我要說自己在小籠包界也算正妹嗎？

小瑾跺腳，「妳怎麼什麼都無所謂呢？這樣楊在軒會被搶走的！」

「腳長在他身上，愛往哪走往哪走。」

「妳都不擔心他嗎？他今天可是抱病上場耶。」

「抱病就別上場啊……」其實我不知道他生病了。「那傢伙，生病了？」

小瑾大力點頭，「中午我去合作社買飯，看到他去保健室，我問他怎麼了，他說有點發燒，然後又叫我不要跟別人說。」

「那妳還告訴我？」

「妳不一樣嘛。」小瑾戳我，「他自己都在大家面前承認了，妳跟他是那種關係啊。」

「那是他整我啦。」我揹上書包，肩膀瞬間一沉。

發燒了？

是因為昨天早上淋雨的關係嗎？

回去時是共用一把傘，應該還好才對……

一定是因為昨天早上把傘給我的緣故。

但仔細回想，放學一起撐傘時我雖然沒被雨淋濕，但他卻有一半的身體都在傘外，說不定又受涼了一次。

這白痴，明知道就要比賽了還不好好照顧身體——

「好啦樂樂，不管楊在軒了啦，我想去看，妳陪我吧！」小瑾直接抓起我的手臂，使勁一拉，「今天對手是內湖高中喔，聽說他們的隊長兼校草姿色完全不輸楊在軒哪！」

我沒有反抗，只是嘟囔著，「就連內湖的校草妳都這麼清楚，也太強了吧……」

「嘿嘿嘿，多欣賞帥哥可以紓解壓力、有益健康嘛！」

體育館裡雖然不到人山人海的程度，但也算擁擠。我一直以為籃球比賽這種東西不會有什麼特別的支持者，不過看來我根本錯得徹底。放眼望去除了我們學校的女生自成一團外，還有小綠綠和其他學校的女生也來觀賽，更神奇的是竟然有人製作了支持的球員應援板，上面貼滿了平常只會繞在聖誕樹上的綵帶。

「哇、楊在軒跟程裕書的應援板好多喔！」小瑾尖叫，「和內湖的齊子游、柳永琦不分上下！」

「……確實。」

仔細一看可以輕易分辨兩校的人氣王各是哪些人，我們學校的心機鬼楊在軒、傳說中的「理科流川楓」程裕書人氣最高，當然內湖那邊也自備了粉絲團的樣子。我跟著小瑾隨便找了個沒被擋住的角落坐下，我順了順裙子，把書包放下的同時，瞄到了在場邊備戰的楊在軒。

雖然隔著很遠的距離，但他的臉看起來確實泛著一股病態的紅潮。楊在軒一面聽著教練的提醒，一面用手中的面紙摀著鼻子。

明明就是有在運動的人，怎麼會這麼容易感冒啊？

「妳看，楊在軒真的生病了厚？一定是因為昨天淋雨。」

「妳怎麼知道他淋雨才生病？」

「昨天早上我跟他一起進教室的啊。」小瑾打開飲料瓶蓋，說道，「他淋得超慘好不好，根本就像從游泳池裡爬出來的。妳不知道嗎，他好像書包也濕透了。」

「喔。」

是他自己要把傘給我的。

我也不知道後來會瞬間變成暴雨。

「……那傢伙該不會拖累我們學校吧？」不知為什麼，我選了一句無情的話。

小瑾差點沒被嗆到，「余樂樂妳也太沒人性了吧？好歹是我們同班同學耶。」接著又說道：「不過楊在軒真的很強。」

「哪裡強了？」根本是體弱多病！

「妳不覺得生病也能這麼帥的人實在太強大了嗎？喔呵呵呵。」

「……妳高興就好。」

我隨口應著，目光再度移向楊在軒。

沒事幹嘛把傘給我？

如果因為感冒而輸掉比賽，那該怎麼辦？

楊在軒，大笨蛋！

□

——妳覺得一個男生在怎樣的情況下會跟一個女生說「妳是我的」？

——廢話當然是在把妹的情況下啊。

——把誰？

——就是那個妹啊。

——也就是說，當一個男生要追一個女生時，才會這麼說，對吧？

——姊傻啦？這不是廢話嗎？

看著亮亮回傳給我的LINE，我托著腮，腦海中一片空白。

這是一個男生要追一個女生時才會說的話，那也就是說，這是楊在軒先生對他獵物所說的話……

這麼一來，難不成我是他的獵物嗎？！

「幹嘛突然用那種表情看我？」楊在軒向我扯開充滿邪氣的笑容，「我們樂樂用這麼熱情的眼神看著人家，真教人臉紅心跳又害羞呢。」

「喂、你——」咳咳，差點嗆到，我努力平心靜氣，但浮躁感卻不停在全身亂竄，我揉揉額頭，「楊在軒，你剛剛——你剛剛說什麼什麼是你的——這句話是什麼意思？」

「什麼什麼什麼是我的？」他顯然知道我在問什麼，只是刻意裝傻。

「就是那句話啦！」

「哪句？」

「就是，『什麼什麼是你的』那句。」

「我不是很懂耶，『什麼什麼』究竟是什麼？」

我用盡力氣地瞪著他，希望我的怒意可以直達他的眉心！

楊在軒保持著壞壞的笑，拉長聲音，「——喔，妳是說，『妳是我的』這句嗎？很難懂嗎？像我們樂樂這麼聰明的女孩怎麼會不懂呢？就是字面上的意思啊。」

「字面上的意思？」

「是啊，字面上的意思——咦，妳臉紅了耶。」

「才、才不是你的——我又不是你家的狗！」

「樂樂，我家沒養狗。」

這、不、是、重、點！

「你不要隨便對我說這種話，聽起來很奇怪。」我使勁地迸出一句話，「你又沒有要追我。」

這話脫口而出的瞬間我的腦海再度一片空白了。

到底為什麼空白我不知道，只覺得要很用力很用力才能說出這句話。

大概是因為太用力，所以才一片空白吧。

空白這種東西呢，會讓人暫時性地失去判斷力和對外界事物的感知，雖然在真實的時間上不過只有兩三秒的空白，但對我本人而言卻感受到了相當、相當久的時間。

這也就是為什麼我過了很久之後，才意識到楊在軒回應我的那句話——

「誰說我沒有要追妳？」

到底過了多長的時間，我不知道。

沒辦法，也許只有幾十秒、甚至一分鐘。

總之，當我意識到有個具有溫度的高大物體緩緩貼近我，而且距離剩不到十公分時我才哇的一聲叫出來。

「你幹嘛！」

不知何時楊在軒離開了他的座位，走上前彎腰看著我，聽到我的大叫後，他縮回身體，接著拂開我桌上的文件，斜坐在我桌上，居高臨下地看著我。

「雖然現在是辦公時間，說這個不太好，但看妳的表情，我覺得可能沒辦法等到下班再聊了。」楊在軒用彎起的食指關節輕觸了一下他的鼻尖，正經八百。

這傢伙怎麼變臉變得這麼快啊？剛剛不是還笑得很下流嗎？

「你、你不要那種表情，好可怕。」

「我接下來要說的，不是在開玩笑，所以我希望妳也抱持著嚴肅的態度，OK？」

「好。」難道你要開除我？

楊在軒雙手交疊，掌心朝上，注視著我，深呼吸之後開口。

「請跟我交往。」

……

……

……

「我真心覺得你媽會識破耶，而且詠婕小姐也不是笨蛋。」我說。

楊在軒一怔，「什麼？識破？」

「識破你的無腦計謀啊。你不是想找我假扮你馬子，來逃避令堂逼婚嗎？說真的楊媽媽又不是不知道我們這麼熟了，她才不會相信咧。」

楊在軒雙眉一豎，「妳覺得我是在講笑話嗎？還是在演韓劇？」

「……感覺二者兼——」

那個「備」字呀，根本沒辦法說出口。

我必須承認目前的畫面看起來應該很像偶像劇橋段（如果把我換成漂亮的女主角就完美了），但我也同時領悟到，原來被人抓住強吻其實是很累的。

因為突如其來的驚嚇而全身僵硬、雙臂被牢牢箝制、頸部受力往後傾、視線因為對方過於接近而一片模糊、雙唇發麻、難以呼吸……

還有一點點薄荷氣味。

一股暖暖的柔和電流開始在我身體裡流動，我清楚感覺到肩膀的肌肉變得鬆弛，而楊在軒的雙手也改變了位置，掌心緊緊捧貼著我的雙頰，他的食指以十分輕柔方式觸碰著我的耳廓和髮際……

不知道過了多久，楊在軒才放開我。

我緊緊抓住電腦椅的扶手，只意識到自己正瞪著這傢伙。

「看來妳之前交往的對象吻技都不怎麼樣。不過沒關係，以後我們多的是時間可以練習。」楊在軒微笑著，「我想，我的表態已經夠清楚了。」

我腦中一片空白，但還是拚命地狠瞪著楊在軒。

怎麼辦、我現在完全不知道這是什麼情況啊？！

應該學習電影情節衝上前去甩他一巴掌？

還是假裝什麼都沒發生過繼續工作？

或者是再次追問他到底想「表態」什麼？

楊在軒是開我玩笑嗎？

也許他根本就在耍脾氣、耍任性？

難道說他其實是——

「不好意思！」辦公室門忽然被推開，同事一臉焦慮地拿著一份文件匆匆步向楊在軒，「經理，這份企劃在總預算表和經費評估的部分好像有些錯誤……」

「是嗎？什麼狀況？」楊在軒瞬間換上了工作表情，回到座位。

我忍不住起身逃離，「我去買咖啡。」

□

我從來不看運動比賽，不管是棒球籃球網球足球還是非球類競賽，我完全都是狀況外，也毫無興趣，所以只要一被拉去觀賽幾乎非睡著不可。只有今天，我沒有在賽事中睡著，反而相當清醒。

楊在軒真的感冒很嚴重。

再怎麼想假裝沒在注意他都很難，或許是因為我本來就不是個善於掩飾的人。既然如此，我帶著半放棄的心態，索性懶得遮掩，直接望向楊在軒的身影。

他不停地咳嗽，好幾次在籃框下的身影都顯得無力而勉強。

「楊在軒會不會真的倒下去啊？看他都快站不穩了。」小瑾戳戳我。

「不知道耶……」

小瑾托腮，「第二節打完中場休息應該要換人吧？」

「可以中場換人嗎？」就說了我不懂籃球啊！

「呃啊其實我也不確定。」

小瑾話才出口，第二節時間就到了。哨音一響，明星球員的後援會紛紛高舉應援板高呼○○○我愛你。

我都不知道籃球隊員人氣這麼高。

「樂樂妳看！」小瑾突然用力推我，「哪！就是那個一年級的學妹！」

順著小瑾手指的方向看去，確實看到一名身材玲瓏的長髮學妹一蹦一跳地靠近場邊，手上拿著粉色系的大毛巾和同色系的水杯要遞給楊在軒。

當一年級學妹在楊在軒面前站定的同時，楊在軒突然抬起了頭，他從左到右看著觀眾席，接著和我對上目光。楊在軒對學妹比了個抱歉的手勢，然後笑著舉起手向我揮了揮，接著轉身回到隊上。

拜他所賜，全場的女孩子大都轉頭看著我，小瑾興奮得猛拍我的背，「妳還說不是！妳跟楊在軒明明就是那種關係！這下子我們可愛的小學妹要哭囉！」

「呃。」我低下了頭，假裝頭痛似的用手支額，希望大家沒看到我。

後來，聽小瑾說，在我低頭不想見人時，那個帶著毛巾和水杯的可愛學妹把手上的東西一丟，轉身跑了出去。至於楊在軒後來沒再上場，幸而最後我們學校靠著「理科流川楓」程裕書同學的神射，以一分之差險勝內湖高中，為學校奪下了久違的冠軍。

但這些都是聽說，因為楊在軒那傢伙對我揮手的緣故，在中場休息的十分鐘裡突然有些不認識的學姊學妹跑來我和小瑾身邊坐。雖然她們沒和我說話，但她們毫不掩飾地拚命打量我，這讓我覺得很不舒服。在第三節比賽開始時，我跟小瑾說要早點去補習，就這樣逃走了。

雖然把小瑾一人就這樣留在體育館很不好意思，但我實在不想跟那群奇怪的女生坐在一起。

我知道自己沒有一年級那個學妹漂亮可愛、青春洋溢，可是怎麼辦呢？人家楊在軒就是寧可對我揮手也不想理學妹啊，怎樣?!好吧，我承認楊在軒的舉動讓我有點小開心（動機姑且不論）。

不過，那傢伙……

希望他感冒快點好啦。

真是的。

然後，籃球賽的第二天楊在軒請假了。

發高燒，去醫院吊點滴。

當小瑾把從教官那裡聽來的消息轉述給我時，我沒有特別說什麼，說什麼都很奇怪，說什麼都不對。

「妳應該要去探病吧。」小瑾吮著吸管，正努力把最後一顆珍珠吸上來。

「他生病不關我的事。」

「樂樂妳超絕情的耶——楊在軒該不會就是喜歡妳這種冷漠個性吧？他一定有被虐傾向。」

「少亂說，楊在軒不喜歡我，我也——」不知為何話突然哽在喉頭，使了很大的力才終於說出來，「不喜歡他。」

小瑾一臉「妳再否認啊事實已經擺在眼前」的表情，她用力地吸到了奶茶裡的最後一顆珍珠後，滿意地轉身。

「可惡！竟然又失敗！」我差點想提腿踹向這台夾娃娃機。

這台在南陽街附近的粉紅色娃娃機裡，有一隻我很想要的桃紅色兔娃娃吊飾。這隻大頭兔子全身是桃紅色的，身上穿著一件白底藍條紋的上衣，高度差不多是我手掌的長度。我在 SOGO 有看過，日本貨，雖然不是非常貴，但這種非必需品的東西，實在很不想直接掏錢買，所以每次來補習時，我都會用口袋裡的零錢試試手氣。

平常我的零錢也不多，投個兩次是極限，但是今天小瑾剛好還錢，而且她竟然給了我十個銅板，於是今天我在娃娃機前待了特別久，最後兩次，真的就差一點點了，結果桃紅色兔子還是卡在洞口附近。可惡、氣死我了！都已經夾起來了說！一百元，結果小瑾還我的一百元就這樣再見了！加上之前花的錢，算一算已經是這隻兔子的一半身價了。

哼，我瞪著卡在洞口不上不下的兔子，下定決心放棄。

再這樣下去，說不定我存錢去 SOGO 買還比較快！

「欸，妳真的這麼想要這兔子嗎？」在我轉身之前，背後響起了熟悉的聲音。

「咦?你不是——」

我第一次見到楊在軒穿著便服。

其實也不是什麼多了不起的打扮，帆布鞋、牛仔褲、襯衫和薄薄的連帽夾克，這時我只能說人帥真好，再怎樣的衣服，穿起來還是好看。

「我不是什麼?」

「你今天不是請假去醫院吊點滴了嗎?怎麼會在這裡出現啊?」

「那是昨天晚上到今天中午的事了。我中午就出院了，睡到剛剛才起來，想說出來走走。不過——」他忽然一笑，「我們學藝知道我吊點滴啊，沒想到這麼留意我的消息。」

「呃。」很好，再多說一點，這樣我害你生病的微量內疚馬上就會煙消雲散一點不剩的。

「醫生說差一點就轉成肺炎呢。」楊在軒像是看透我心思似的忽然說道。

「是喔……」我嘆口氣，好吧，我心太軟了。「都是我害的。上次不該跟你借傘的。抱歉。」

「能夠跟學藝一起雨中漫步是我的榮幸喔。」

「……講話還能這麼嬉皮笑臉，看來很健康嘛。」

「咳咳咳咳！」

也未免咳得太假。

算了，再怎麼說，如果不是楊在軒的傘，今天吊點滴的搞不好就是我了。「好啦，總之還是謝謝你那天借我傘。」

「不客氣。對了，妳還沒告訴我，妳很想要那個嗎？」他指了指夾娃娃機裡的兔子。

「嗯、還好啦。欸，不聊了，我要去補習了，你早點回家休息吧。Bye！」

幾個小時昏昏沉沉的數學課好不容易結束，我無力地把今天發的講義和參考題收進書包，想著明明都來補習了為什麼數學成績還是一樣的差。坐在我隔壁、北一女小綠綠同學看起來怎麼一點都不累，精神奕奕的樣子，果然第一志願的求學熱忱是我們望塵莫及的。

「謝謝妳的橡皮擦。」小綠綠同學終於開始收拾書包，她甜笑著把橡皮擦還給我，但我的筆袋已收好丟進書包了。

我把小小的蜻蜓牌橡皮擦塞進書包側面的隔層，向小綠綠以及附近的同學道別後緩緩走出教室。九點半的補習班下課時間，附近總是人滿為患。雖然附近都是高中升大學補習班，但仍然有很多家長開著車來接小孩。

「嘿！」一走出赫哲就看見身高明顯突出的楊在軒向我揮手。

「呃。」真想用書包掩住臉。

「都九點四十了才出來。」楊在軒穿過人群，走到我面前，從口袋裡掏出了那隻我很想要的桃紅色兔子。「給妳。」

「你怎麼會有？！抓來的？！」是那隻桃紅色捲毛大頭兔，還穿著白底藍條紋的上衣！捏在手裡好有彈性、好可愛！

「夾娃娃機上面有寫直接賣的價錢。」楊在軒說著，咳了幾聲。

「你沒事吧?所以這是你買的?」

「嗯。」

「買完就回家啊，明天給我也可以，幹嘛等我呢?」

「誰說我等妳了。我買了兔子之後在附近逛了光南和新光三越，還跑去NOVA看了電腦，不知不覺就九點多了，才想說順便拿給妳。」楊在軒正經八百地說完，接著又突然一笑，「不，其實我是專程等妳下課的。」

「呃。」可惡我絕不能臉紅，「你、你等我幹嘛?」

「把禮物給妳，順便送妳回家啊。」楊在軒拉了拉夾克，故意縮起脖子，「我在這裡吹風吹了好久，好可憐喔，學藝，請我喝杯咖啡吧?」

「我又沒叫你等我。」也沒叫你買兔子……

「想不到我們學藝是個這麼無情的人……」楊在軒說著說著又咳了起來。

「……好啦，咖啡是吧，便利商店罐裝的就可以了吧?」

楊在軒比出OK的手勢，「沒問題!」

□

我完全不知道自己怎麼衝到便利商店的。
我只知道當我回過神時，手上已經多了一杯根本就不喜歡的熱美式。
……這到底是怎麼一回事？
剛剛，楊在軒……我……我跟楊在軒……
我找了個座位坐下，呆呆地望著眼前微微朦朧的玻璃窗。
楊在軒，吻了我。
並不是蜻蜓點水，而是熱情且深長的一吻。
如果合併他之前所說的話來看，楊在軒是想要追我吧？宣稱我是他的，還吻了我，應該是意味著「我要追妳」這樣沒錯吧？
如果我沒誤會他，真是如此的話，動機又是什麼呢？為什麼要追我？更正確來說，為什麼選在這個時間點上追我？
從高中同班到現在，十年以上的時間，為什麼十年來都不下手，現在才想到？理由是什麼？
這傢伙，是一時興起想玩弄我吧？已經沒什麼女生可以下手了，所以才找上我？或者是，對於那些千金小姐膩了，乾脆選個窮人家小孩換換口味？還是覺得攻略我應該很有趣？又或者根本是因為見不得有其他人出現追我？

太多太多的問題讓我腦中一片混亂，不管是哪個問題配上了哪個答案，都讓我覺得無比茫然。我想起高中時向楊在軒告白的場景，這些年來偶然想起時我已經能理解，為什麼自己會無聊到在告白時還補一句：「——雖然喜歡，但我沒有要和你交往。」理由很簡單，連那些漂亮可愛的學姊學妹都抓不住楊在軒，何況不是小龍女而是小籠包的我呢？

是看清現實也好，是自卑也好，總之從當年意識到自己喜歡上楊在軒的那刻起，我就明白像他那麼耀眼的人，跟我完全不同世界，即使他主動牽起我的手讓我站在他身邊，我也不可能無視眾人的眼光。消滅了所有可能，所以在自己的角落格外安穩。

沒有奢望，就不會有失望。

我本來就是膽小鬼。

——晚上幾點下班呢？我在內湖新辦公室這裡，裝修快收尾了，想邀妳過來看看。

突然間 LINE 的提示音響起，是齊子游。

幹嘛這時候來添亂啊。我在心裡抱怨。但隨即又轉念，也許這正是個脫離楊在軒魔掌的好機會。

我為什麼要讓楊在軒的任性行為動搖自己呢？

我不是明明決定要跟他保持距離嗎？

雖然這樣對齊先生有點不好意思，但這時候也只能借助他了。

——我一樣五點下班。謝謝你的邀請，我很樂意。告訴我地址吧，下班後我直接過去。

——太好了，到時見。

齊子游瞬間就回覆了訊息。

手機螢幕的光過了好一會兒之後慢慢消失，最後終於變為一片黑暗。再怎麼亮的光也總有消逝的時候，有的快，有的慢。

但總會消逝。

回到辦公室時，剛剛拿著緊急文件的同事已經離開，再度剩下我跟楊在軒。楊在軒在他的座位上認真工作，聽到我開門回來，沒有任何表示。

我重新進入工作，開始整理昨天收到的兩份新產品行銷企劃，還有下半年公司形象廣告的提案以及參與比案的廣告商名單，雖然是日常工作，但今天卻一直出錯。意見彙編的部分連續填錯位置、形象廣告的主題不管哪個都讓我無比煩躁。

「下班後我們談一談。」楊在軒突然開口，口吻相當嚴肅。

我愣了一下，好不容易才發出聲音，「我有事。」

「有什麼事？」

我決定坦然，「去參觀齊子游的新辦公室。」

「我剛剛才說過不要再跟其他人見面。」楊在軒十分用力地強調「剛剛」。

「我知道。」

「那為什麼？」

「為什麼？你問為什麼？」我從座位上站起，「你不覺得很可笑嗎？我又不是你的傀儡，憑什麼要聽你的命令？要按照你的指示行動？為什麼？我才想問為什麼？你到底是怎麼回事？為什麼要這樣對我？我很好欺負、還是很好玩？要我是件很有趣的事？」

楊在軒也霍地站起，「我以為我的表態很清楚了。」

「我不懂，楊在軒。為什麼是我，為什麼是現在？」

「妳想要理由是嗎？」

「對，一個能說服我的理由，讓我相信你是真心的理由。」

楊在軒離開座位來到我面前，伸手握住我的肩膀，一字一句地說：「我喜歡妳，這就是理由。」

□

「欸欸欸，昨天楊在軒是不是去赫哲接妳下課啊？」才剛到教室，書包都還沒放下，小瑾就衝上前逼供，「快說，到底是不是？」

「……我是有碰到他，不過那個並不是什麼『接我下課』喔。妳怎麼會知道我跟他有碰面？」

小瑾哼了一聲，「南陽街耶，多少人在那裡補習啊！而且還聽說一起喝了咖啡，不是嗎？」

「誰那麼無聊，連這都要管？」

「是三年級那個儀隊的學姊啦，她好像大受打擊的樣子喔。」小瑾揉揉鼻子，「所以妳真的在和楊在軒交往，對吧？不過……」

「不過什麼？」

「這個嘛，妳聽聽就好，我覺得是謠言啦……」小瑾一副事先消毒的口吻，「也有人說，楊在軒的女朋友是北一女的，說看過楊在軒跟北一女的校花叫什麼徐丹楓的在一起好幾次。」

為什麼呢？

為什麼我的心會突然往下沉落？

這不是很理所當然的嗎？

我們學校的校草配上北一女的校花，多相襯哪。

「妳就當成是網路謠言吧，千萬不要放在心上，畢竟楊在軒算是公開承認妳了吧。」小瑾說道，「他在籃球賽的表現已經讓妳一戰成名了呢。」

還一戰成名咧。

「真是沒想到儀隊學姊可愛學妹班花盼雲還有像長江前後浪那麼多的女生都慘敗在妳手下！樂樂，妳最近要小心被人蓋布袋或者帶去廁所談判喔。」小瑾語重心長地拍拍我的肩膀，「跟天王巨星交往，這種程度的犧牲是必要的。」

「……就說了不是那樣。」最近反駁的力道愈來愈弱，基本上根本就懶得說了。

我在座位上托著腮，看著班上的女同學們。

其實，在「楊在軒事件」發生前，我在班上就沒什麼朋友。

走得近的同學，只有小瑾而已。如果要分組，大都是小瑾拖著我一起加入其他團隊，我不是特別顯眼的人，也不是樂於社交的類型。如果以嚴苛一點的標準來看，我說不定已經可以被貼上「孤僻」標籤了。像這樣的我到底為什麼會被選為學藝，其實我一點都不明白，但某些時候知道自己沒有被刻意排擠，多少也覺得慶幸。不過，楊在軒最近一鬧之後，某些類似敵意的感覺確實以一種微妙的狀態淡淡滲出，有點像是雪白牆上一點不起眼的灰，但其實是壁癌的源頭，總有一天它會擴散蔓延，終使牆面斑駁脫屑，露出粉刷下灰暗且滿是坑洞的水泥樣貌。

我把視線轉向窗外，遠方的籃球場上空無一人。

最遠處的矮圍牆附近有著生物社的花圃，雖然土裡插著各式各樣的說明牌但仔細一看其實什麼也沒種出來，而且處於奇怪的位置，三不五時就會有球飛過去，把好不容易長高的植物砸爛。雖然後來架了鐵網，但不知為何那裡總是沒有成功種出什麼來。

要開花結果不是件容易的事。

植物是這樣，戀愛也一樣。

06

我又逃出辦公室。

在一天之內逃了兩次。

擁擠的下班人潮和車潮填滿天色仍明亮的街道，夏天特有的悶熱讓剛剛從冷氣房走出的人們瞬間飆汗。我拿出手帕時，不經意地碰觸到了真的很巨大的桃紅色兔子吊飾。

這並不是高中時楊在軒送我的那隻。

而是在大學時代，我被學長甩了之後，楊在軒送的第二隻兔子。

一模一樣的兔子，桃紅色捲毛和水藍條紋上衣，送給我的時候，他把我手機上跟學長一對的心形情侶吊飾拿下來，默默地把桃紅色兔子掛上去。

——妳還是適合兔子。

那時他把我當孩子似的摸著頭，抓亂我的瀏海。

我生氣地撥開他的手，說著都是他的錯，學長因為誤會他和我才會提分手。楊在軒微笑著，很難得地沒有回嘴。

——而且、我自己的兔子還在，根本不用買新的。

我說。

——用新兔子，跟妳換舊兔子吧。

然後，楊在軒把舊兔子要回去了。

直到抵達齊子游的公司前，我才意識到自己原來走了一段不算遠也不算近的路，再度進入有空調的場所後，重新打起精神，從皮包裡掏出根本很少用的粉盒看看自己的狼狽樣，把汗水擦去，順了順亂髮，才走向電梯。

「妳來了！」

齊子游今天的穿著和之前明顯不同，白襯衫捲到肘部以上，露出手腕上的皮製幸運帶和三眼機械腕錶；搭配卡其色棉質休閒長褲、粗獷風腰帶和鞣蠟皮鞋讓他看起來不像生意人，反而像是頗有品味的設計師。

「嗨。」我忍不住稱讚，「這樣穿很好看。」

「難得可以不用穿西裝，呵。」他說道，「能獲得樂樂小姐的讚美真開心，不枉我痛下決心，花了這麼多錢置裝。」

「痛下決心嗎？」

「真的。因為以前我大概都穿一套五千有找的便宜西裝喔。」齊子游替我推開了仍貼著保護膜的玻璃門，「歡迎參觀。」

辦公室裡散放著各式各樣的工具和建材，強烈的甲醛味讓我瞬間精神一振，雖然十分雜亂，但已看得出隔間、色調和一些大致的風格走向。

「那為什麼突然開始認真打扮了？」我小心地停下腳步，免得踩到危險物品。

齊子游彎腰抱起地上超大卷泡綿，立回牆邊，回頭看著我，「因為敵手太強大了，所以要加強裝備才可以。」

「所謂商場如戰場的意思嗎？」

「是情場如戰場的意思。」

「呃。」這是什麼意思呢？

「抱歉，這裡還滿亂的。」齊子游帶我來到辦公室中心點，指向其中一道門，「那是我的辦公室。要看看嗎？」

「不就是專程邀請我來看的嗎？」

「呵呵。」

齊子游的辦公室不大，左側有明亮的大窗戶，右側和背後則是一整片的書櫃，風格是所謂的「倫敦工業風」，運用不少鐵質和在商辦中很少出現的褐磚和深色木質，和他今天的穿著相襯，但卻沒什麼商業氣息，比較像是文青設計師的工作空間。

「我訂了一張手工木桌，還要一星期才能送來，這裡要放一張閱讀椅，雖然很心疼但還是決定買全小羊皮的。然後這面牆……我想問問妳的意見，妳覺得要不要掛一幅攝影作品呢？還是就留白？」齊子游指的是座位正前方的磚牆。「我在想要不要掛一幅大笨鐘的攝影作品，或者其他的……想聽聽妳的意見。」

我往後站了一點，看著牆面，「……這個嘛，如果是我的話……其實我喜歡掛工業風的時鐘，那種會啪一下翻頁式的也不錯。」

齊子游拍了下手，「很好的建議。」

「可是跟你原來考慮的方向不一樣呢。而且有的人會覺得掛個時鐘在牆上很有壓力。」好比說楊在軒……奇怪了，我幹嘛想到他？

齊子游以指尖敲著下頦，沉思了一會兒，「我覺得時鐘OK。對了，除了已經上牆的書櫃，還會有辦公桌椅和單獨一張閱讀椅……除此之外妳覺得還需不需要多放些什麼呢？」

我想了想，「衣帽架？冬天掛掛圍巾或大衣之類的。」

「又是一個很棒的建議。」齊子游笑道，「為了感謝妳，我可以請妳吃晚飯嗎？」

雖然一點也不餓，但我卻答道：「本來就想拗你請客，真是太好了。」

在植福路上的義大利餐廳用餐時，雖然告訴自己即將可以享用美食，但心情卻一點都好不起來。隨著時間過去，我愈來愈清楚知道，此時的自己只是不想落單，並不是因為對眼前的男人有戀愛期待而共處一室。努力地想要讓自己專心在齊子游身上，但是楊在軒卻老是從腦海中竄出，揮之不去，讓人心煩意亂。

情調和裝潢都有相當水準的餐廳裡客人不多，還算安靜，平常的我很喜歡這種安靜的用餐環境，可是今天卻坐立難安。我仔細地用刀切著牛肉，心想著後悔點了牛排，應該選義大利麵才對之類的蠢事，齊子游的聲音像是海岸遠方傳來的風聲般模糊——

我到底在幹嘛呀？

「……妳怎麼了？口味不合？」齊子游放下餐具，略帶擔憂地看著我。

「味道還不錯。」

「但妳看起來沒什麼食慾。有什麼心事嗎？」

我乾笑，「我看起來像是有心事的樣子嗎？」

「呵呵。就算有，應該也不是我造成的吧？跟我吃飯應該不至於有那麼大的壓力才對。」齊子游輕鬆地說。

「確實是沒什麼壓力。」

「那就好，如果相處起來有壓力可以告訴我，我會修正。」

「你人也太好了。」

「不認真表現，樂樂小姐應該看不上眼吧？」

「我眼光跟身價都沒那麼高喔。」

「跟楊在軒認識那麼久了，應該會用他作為判斷追求者的標準吧。」

幹嘛又提到他？「那這間餐廳裡的所有人保證都及格。」

齊子游失笑，「楊在軒是這麼低的門檻嗎？不會吧？」

我們可以不要談他嗎？

「反正不高就對了。」我決定扯開話題，「對了，聽說你家是金融世家，應該對投資方面很有一套吧？」

齊子游表情有點尷尬，「很可惜不是，我家人幾乎都是公務員，如果要說『世家』，勉強可以算是『公務員世家』吧。」

「呃，抱歉，我記錯了。真對不起，好丟臉。」

「沒關係啦。大概是談論我的那個人說錯了。樂樂小姐家裡是在做什麼的呢？」

「我父母已經過世很多年了。哥哥嫂嫂在香港工作，長住在那邊。現在我跟妹妹一起住，我妹妹是小學的代課老師。喔，對了，還有我妹的貓。」

「我也有個哥哥，在大學教書。我父親和母親都在中央單位工作，還沒退休。爺爺以前是中學校長。」

「喔喔，所以你沒有姊妹？」

齊子游搖頭，「沒有。也許是因為這樣，所以我很不了解女生在想什麼。」

「為什麼這麼說？」

「不瞞妳說，我談過三次戀愛，三次都被甩。」

喔對，齊子游的某任前女友後來變成了楊在軒的某任前女友……

為什麼「楊在軒」三個字又出現了？可惡！

「這樣啊……」我也都被甩啊，莫非現在是愛情 Loser 聯誼會？

「是不是覺得我一點都不酷、毫無身價了？」

「不會啊，覺得你很坦白。」哪像某人！「坦白很重要。」

不過這種等級的好男人還會被甩，這世界是怎麼了？

「聽起來像是有加分的樣子。」齊子游微笑，「安心多了。」

「呵呵。」

「不過，我真的不太了解女孩子的想法。」他換上了苦笑。

「我也不懂男人在想什麼。」

「是嗎？那以後我們互相諮詢好了。」

兩個 Loser 互相諮詢？

這能有長進嗎？

最後八成只能抱在一起哭吧。

不對，我怎麼可以對著千載難逢的桃花產生這種想法呢？我的反應完全不對，眼前這個男人應該是我的獵物而不是我的談心事好姊妹啊！這樣的態度是不行的，要以「戀愛對象」為前提看待齊子游才行！

「怎麼了？在想什麼？」

「沒、沒什麼。」我要打起精神、振作！但……到底要振作些什麼呢？

「到目前為止，跟我見面會覺得很不自在嗎？」齊子游突然問。

我想了幾秒，坦白回答，「還好，畢竟還不熟。」

齊子游寬慰地點點頭，「樂樂小姐覺得坦白是優點，對吧？」

「嗯，那當然。」

「那我要坦白說……雖然我曾經談過三次戀愛，但卻一次也沒有追求過女孩子。基本上，關於追求心儀對象的經驗，其實一次也沒有。完完全全的，Zero。」

難怪不像楊在軒那麼擅長花言巧語——

可惡，又是楊在軒！拜託別再想起那傢伙啦大腦！

「……所以，三任女朋友，都是她們主動告白的嗎？」

「差不多是這樣。」齊子游苦笑，「被告白之後又被甩掉，無論怎麼想都很矛盾，對吧？」

雖然心裡覺得很妙但卻不能說出口，「感情的事總是很難說。」

「因為這樣，我不知道該怎麼辦才好。」

「什麼怎麼辦？」

「我對樂樂小姐很有好感，但真的不知道該怎麼做才好。」齊子游靦腆一笑，「我記得樂樂小姐說過，喜歡玫瑰花。」他向不遠處的服務生比了個手勢。

服務生心領神會，很快地轉身。

「很老套，但我想妳一定能感受到我的誠意。」

服務生捧著一束相當漂亮的深紅色玫瑰走近，將花束交給我。

雖然在他打手勢的瞬間已經知道他要送花，但實際聞到花朵香味、將花束抱入懷中時，還是忍不住驚喜和感動，「謝謝、太漂亮了。」

多久沒有收到花了？

五年、十年？

喔不對，其實每年母親節該死的楊在軒都會送我一小束白色康乃馨，然後叫我「回去記得祭拜余媽媽」。中西情人節也都會收到一朵紙摺的玫瑰，還是用辦公室裡列印過的報表摺出來的。

我不自覺地做出了和偶像劇女主角相同的動作——把臉埋進玫瑰中（只是我做起來當然沒什麼美感就是了）。就在幾分鐘前，我還覺得一點戀愛氛圍都沒有，差點要把齊子游當作姊妹，沒想到現在卻感到微微臉紅、心跳加速。

「什麼時候準備的？」

齊子游聳肩，「去停車場拿車時，偷偷打了電話訂花。」

「我很喜歡，謝謝。」我小小聲的說。

「太好了。」齊子游的聲音溫柔無比，「我會努力讓妳開心。」

□

妳不要高興得太早，
楊在軒只是玩玩，
他才不會真的喜歡妳。

某天早晨，我在抽屜裡發現了這張字條。

對方相當慎重，用印表機印出文字後剪下再貼在計算紙上。

既然都已經用電腦打字，保證不會看到筆跡了，幹嘛大費周章還再剪貼一次？直接給我印好的一樣看不到筆跡，不是嗎？

我把字條揉成一團，但隨即又重新攤平，轉過頭去，發現楊在軒正好剛剛走進教室，而他的桌上依舊堆著好幾份的愛心早餐。

我一向不願在班上和他說話，但今天卻決定破例。

我走到他座位邊，他顯然很訝異。

「我們談一談。」

在頂樓，我把今天早上抽屜裡的紙條交給楊在軒。

楊在軒讀完後，把紙條放在圓滑的鐵欄杆上，連一秒都不到，紙條就被風吹走了。

「很討厭。」

「嗯、對不起。」他看著我，「很生氣？還是很委屈？」

「所以你為什麼要這樣對我呢？讓大家誤會我，這不是一件好玩的事耶。」

楊在軒的眼中湧出了一些什麼，是我不懂也不想問的。

我決定忽略，接著說道：「我不懂你在想什麼。」

「……那妳呢？」

「我？」

「那，妳在想什麼？」楊在軒突然往前，把臉湊近我，「妳問過自己嗎？妳覺得我怎麼樣？妳喜不喜歡我？嗯？」

不喜歡！

當然不喜歡！

只是，只是……

「不要只瞪大眼睛看著我，說說看啊。」

楊在軒並沒有像少女漫畫裡的男主角那樣單手扶牆壓制我，也沒有突如其來地抓住我的手或者肩膀，他只是藉著身高優勢，低頭貼近我的臉，他幽黑的瞳孔和長長的睫毛變得很近很近……

理論上，下一秒就接吻的可能性很大。不過現實跟理論完全是兩回事。

楊在軒，為什麼要這麼靠近我呢？

你究竟希望我從你眼中看到什麼？

在某一個瞬間我發現自己想要後退，逃避他的灼熱目光，然而一旦察覺自己的怯懦，反而讓我不認輸地往前一踏，幾乎要碰到他的鼻尖——

「我在想——你、很、變、態！」

雖然拋下了這句話之後我帥氣的揚長而去，但其實是故作鎮定，心中小鹿亂撞。走在樓梯間我按按自己的臉頰，像高燒似的發燙。現在是怎樣？他只不過是很靠近很靠近地說了話，我幹嘛在這裡臉紅心跳耍害羞？

我幹嘛為了這傢伙心亂如麻？

我又不喜歡他。

後來還是不知道字條是誰寫的。

說不定是一群楊在軒親衛隊隊員的合作結晶。

而楊在軒幾乎每次都會在補習班下課時出現。

那是一種很微妙的情況——

我走出補習班，看到楊在軒，他舉起手打招呼，穿過人潮走來，然後說一句下課啦、要不要喝飲料之類的話，我說不要，接著幾乎沒有交談地，他陪我搭捷運回家，接著他自己再回家。

很微妙吧？

明明就什麼也不是，兩個人也沒特別說些什麼，充其量就是一些「這次習題好多」「段考很難」「英文作業還沒寫」之類的，但不知為何這樣的狀況形成一種奇怪的日常。日常到如果要是哪天他沒出現，我反而會覺得奇怪。

至於在學校裡，楊在軒跟我反而像是陌生人似的沒有互動，即使偶爾在校園某處碰見也不會打招呼，某種程度上透著一股尷尬，而這份尷尬在他來補習班找我時卻又自然消失，我完全不懂這到底是怎麼一回事。

我更加不懂的是，為什麼自己並沒有不理會，或者直接無視在補習班門口出現的楊在軒。但我知道每次自己詢問自己這個問題時，會有另一股聲音阻止我繼續深究。

反正，這世界上的事很多都沒有答案，

甚至有些事，根本不需要答案。

□

「抱著花開門很麻煩吧？」

「媽呀你嚇死我了。」

楊在軒臭著一張臉，從陰影處走出來。

人帥真好，即使是用這種方式出場也不會被當成變態或色狼。

他雙手插在口袋裡，用下頦比向玫瑰花束，「要不要幫妳拿？」

「你跑來幹嘛？」
「拜訪妳。」
「現在已經是晚上十點半了耶，而且我又沒邀請你。」一點都不想迎上他的目光，想起在辦公室裡發生的情景就覺得尷尬到爆。
「我們談談。」
「不要。」
「談談吧。」
「就說不要了。我要回去把花放好，然後洗澡睡覺。我想你應該沒忘記明天早上我們要跟總經理進行本月的業務會報對吧？」糟了視線不知停在哪裡好，但總之一點都不想對上他，只好讓視線亂飄一通。
楊在軒雙手極自然從褲袋裡拿出，接著往前幾步以迅雷不及掩耳的速度拿走我手中的玫瑰花，反手往地上一扔。
「你這是——」
結果我的話並沒有說完。
然後，我一定要說，被壓在牆上接吻並沒有想像中浪漫——特別是在後腦勺還有點小撞到的情況下。

這次的吻和在公司的吻截然不同。

在辦公室裡的吻溫柔，充滿了浪漫感，但此時此刻幾乎壓制在我身上的楊在軒有些粗暴，也更加激動，強勁的電流和灼熱感同時從他的唇和雙手指尖、掌心傳到我的唇和頸肩，不停落下的吻讓我腦中完全空白，不明白現在到底發生了什麼事。

……所謂的熾熱原來是這麼一回事嗎？

「……嗯？」

意識雖然不是很清楚，但感覺到腳邊有奇怪的物體。

體型龐大而且沒有長毛，一定不是阿貓啾啾。

輕輕踹了一下不明物體——

「……唔，幹嘛？」棉被突然被掀開一角，楊在軒露出半張臉，睡眼矇矓。

「你！」

「嗯？」楊在軒一手撐起上半身，一手揉眼，被子滑落，裸露上身，「早上了嗎？」

「你為什麼——」我抓著自己的頭髮，尖叫起來，「難道我們——」

楊在軒相當日常、一派輕鬆地伸手往床頭櫃上抓，拿起手錶，「雖然有點早，但還是起床吧，剛好有時間可以回家換衣服。」

我沒抓頭髮了，現在抓著被子一角，「你、你、你——」

楊在軒已經滑下床，從地上撈起衣服，「我可以用一下洗手間嗎？」

這是個讓我更加驚恐的問題。

我環視四周，發現這裡並不是什麼摩鐵或高級飯店，而是我家。

我家我家我家我家我家我家——

「媽的為什麼你會在我家？！」

楊在軒勾起相當邪惡的笑，「因為附近沒有摩鐵。」

楊在軒閃過了枕頭，砰一聲枕頭就這麼打到牆上掛的風景照。

枕頭落地而照片歪了。

我低頭捂住臉。

不行，事情已經發生，現在懊悔也沒有用，重點是要冷靜！這裡可不是摩鐵穿穿衣服走出去就好，萬一被亮亮知道——

我抬起頭，「現在幾點？」

楊在軒看看錶，「快七點，六點四十五。」

看著他回答的樣子，我忍不住抓起另一顆枕頭丟過去，「不要沒穿衣服先戴錶，看起來超怪！」

「多讓妳欣賞一下不好嗎？」

「我沒心情開玩笑！」

「親愛的一大早生氣對身體不好喔。」

「誰跟你親愛的！」我怒瞪楊在軒，「昨晚的事你如果敢透露半個字，我絕不會放過你。」

「要我答應可以，但有條件。」楊在軒終於穿好長褲，開始穿上襯衫，原來他有人魚線——這不是重點！

「什麼條件？」

「妳保證會對我負責，我就不到處宣傳。」

你是要讓我下巴掉下來嗎？

「什、什麼叫對你負責？」

「就是照顧我的下半輩子，跟我結婚生子，成為楊門余氏。」

「楊什麼門余什麼氏啊？！」

「如果妳堅持，我成為余門楊氏也是可以的啦。」

「楊在軒！」我極力想降低音量，怕被亮亮發現，「喂，昨天——昨天進門的時候，亮亮她……亮亮還沒回來對吧？」

「可能吧，我記得上樓前按過電鈴，沒有人在。」楊在軒一邊扣著襯衫，一面張揚地笑著，「一點記憶都沒有了嗎？看來我給妳的印象還不夠深哪。」

「你個變態！」可惡沒枕頭能丟了！

「親愛的，如果不想被亮亮發現，我們還是趕快逃離現場吧。」楊在軒撿起領帶，隨手塞進褲袋裡。

「囉嗦！」

經過討論（？）後決定由我先出去刺探敵情，亮亮今天應該不會早起，學校好像開始放假。等到我確認客廳沒人或亮亮還在睡之後，再趕緊讓楊在軒出去，接著我回到自己的房間，假裝什麼事都沒發生，按照平常的時間梳洗再出門。

「你絕對要保持安靜，懂嗎？」

「我在想如果讓亮亮發現，妳會不會比較容易就範。」

我狠瞪他一眼，「我會更加堅定拋棄你的決心。」

「親愛的，玩完了不負責不行啊。」

「我給錢就行！好了你少廢話，安靜點。」

我偷偷打開房門，走廊上沒有人聲。

接著躡手躡腳走到客廳，沒想到——

電視開著但沒有聲音，亮亮手上拋玩著遙控器，穿著睡衣好整以暇地坐在沙發上，啾啾窩在她身邊的靠墊上。

亮亮眼神不悅且銳利地看向我。

我故作日常，打了個呵欠，「咦，這麼早？」

「妳以為我想嗎？」亮亮臉超臭。

接著，她說了一句讓我這輩子再也抬不起頭的話——

**妳知道嗎，我們家隔音很爛。**

□

早上總經理在業務會報裡到底有哪些開示、不，訓示，我根本沒在聽。整個人完全處於呆滯鬱悶的狀況。為了掩飾令人尷尬的痕跡特別穿了有高領蕾絲的襯衫，結果又硬又刺的蕾絲邊緣讓我更不舒服。

偷瞟坐在一旁轉筆的楊在軒，他倒是精神奕奕面帶微笑，一臉上進地看著投影螢幕上的簡報。


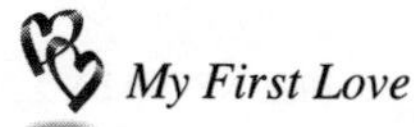

可惡的傢伙，都是你害的！

一想起亮亮那種「妳喔妳真的沒救了，結果還是被吃了吧蠢貨」的眼神我就想哭，一大早亮亮只說了一句話之後就關上電視、抱起啾啾回到她的房間，八成是不想跟楊在軒打照面。亮亮進房後我一個人站在客廳，好想要就這樣消失不見。

我到底在做什麼啊？

昨天晚上——

是有意亂情迷到這種程度嗎？

伸手抓起記事本擋住臉，想也知道自己的臉現在扭曲到什麼程度。

會議結束後，楊在軒腳步輕快地跟我並肩而行。

「怎麼啦？」

「沒事。」這裡可是公司，難道你要我抓起你的領子然後大聲怒吼嗎？

「妳的臉色不太好啊，一定是睡眠不足的關係對吧？」楊在軒揚起燦爛閃亮的微笑，「中午要不要休息一下？附近有薇閣唷。」

「你這個變態！你腦子裡就只有——」我咬牙切齒，用盡全身的力氣控制住聲音。

楊在軒一臉受傷裝純潔，「我的意思是可以找地方小睡一下，好嗎？妳想歪了。」

「哼！所以是我的問題了？！」

「總之，如果妳想去休息的話我也要，畢竟我也有點『睡眠不足』嘛。」

你這表情是想逼死誰啊？！

不要逼我在公司走廊上尖叫毆打你啊可惡！

回到辦公室後我把記事本往桌上一丟，迅速逃離。此刻的我需要一個人靜一靜，跟楊在軒待在同個空間裡我會瘋掉，何況是獨處。我拎著皮夾和手機，擠進了下樓電梯裡。

不知不覺我又到了一樓的便利商店，這次我買了霜淇淋，然後在玻璃窗邊的長桌坐下。玻璃反映我身後的零食架旁有兩三個女生一面閒聊著辦公室八卦，一面挑選餅乾。

超商的自動門不停傳來叮咚聲，人來人往。

「霜淇淋快融了。」不知何時楊在軒竟然在我身旁坐下。

我有股想把霜淇淋往他臉上丟的衝動。

但我沒有，只是默默開始吃。

食不知味。根本吃不出來是什麼味道，只覺得冰冰的，滑滑的。

「妳好像很不開心。」楊在軒這次倒沒嬉皮笑臉，淡淡地問，「跟我一起，讓妳覺得很討厭？」

「……」我沒回答，也不知道如何回答。

我知道自己在生氣，但到底在生什麼氣呢？

是氣他、還是氣自己呢？

我無法分辨。

有些什麼被打破了。可能是平衡，也可能是重要的界線。無論是哪種，都讓我極度不安焦慮。我知道回不去了，我跟楊在軒的關係已經往某個意想不到的方向崩壞，也許這就是我最害怕的一點。

「喜歡一個人，就會想跟那個人在一起。」楊在軒看著玻璃窗外的行人，自顧自說著，「我喜歡妳，所以我很開心。」

「……你可能弄錯了。」我說著，使勁嚥下霜淇淋。「也許我是你很重要的朋友，但那是友情，不是愛情。」

「妳是這麼覺得的嗎？」

「……也許你只是很習慣我在你身邊。日久生情什麼的。那是習慣，也不是愛情。」我很訝異自己竟然口吻平靜，說著自己意想不到的話語。「……我覺得害怕。」

「害怕？」

「跨過友誼邊界之後，一定會受傷。」

楊在軒還是一樣看著玻璃窗，以極清澈的語調說：

「並不是日久生情，而是一開始就喜歡妳。也沒有友誼邊界的問題，所謂的友誼邊界根本就不存在。」

□

**——有人說，楊在軒的女朋友是北一女的，說看過楊在軒跟北一女的校花叫什麼徐丹楓的在一起好幾次。**

不知道為什麼，最近只要一看到楊在軒的臉，就想起小瑾說過的話。北一女耶，校花耶，怎麼看就是天下無敵的吧，又會讀書又漂亮，才貌雙全，說不定還很有品味。只是男生都對小綠綠抱有幻想，這就是現實啊。

這不是早就知道的事嗎？

楊在軒又在補習班門口出現了，一個穿著中山制服的女生拿著兩罐咖啡，臉紅紅的跟楊在軒說話，楊在軒穿著便服，大概是回家後又出門吧。我避開了後方不停湧出的下課人潮，站在大門旁看著楊在軒。

到哪都這麼有人氣，還真誇張。

一個這麼有人氣的傢伙老是陪我補習完回家，到底是怎麼一回事？

這傢伙暗戀我嗎？哪可能。

可是，我實在想不到其他合理的理由了。

想跟我借錢？他明明就比我有錢。

想套我話？我什麼秘密都不知道。

想跟我研究功課？他應該去找全班第一名吧？不對，那就是他自己。

其實有陪別人回家的癖好？那麼多女生等著他，又幹嘛找我？

「唷。」楊在軒向我舉起手。

我站在原地，覺得不該走向他。

結果，楊在軒見我不動如山，於是走向我。

「我想吃冰。」楊在軒說。

「想吃就去，不用跟我報告。」

「好冷淡啊，一起去吧，我知道有一家好吃的粉圓冰。」

雖然冰店好像不是「質詢」他的好地點，但突然覺得這是難得的機會。「你請客喔。」

「我請客。」

楊在軒帶我去的冰店是家不甚寬敞的小店，也沒有什麼花俏的口味，價目表只是粉紅書面紙上用油性筆寫了幾個大字。我跟楊在軒一樣點了基本的黑糖粉圓冰，反正地點和食物都不是重點，重點是「質詢」。

「……本來以為妳會堅定拒絕的，」楊在軒一面將湯匙遞給我，一面說，「早知道就早點邀妳了。」

「知道我為什麼爽快答應嗎？」

「因為想跟我一起吃冰。」

「才不是。」是在自戀什麼啊。「我有事要問你。」

「請說。」

「幹嘛老是在補習班前等我？」

「怕妳一個人回家無聊。」

「那就不怕其他同學一個人回家無聊？」

楊在軒似笑非笑，用湯匙戳著晶亮的碎冰，「我不覺得這是個需要討論的問題。」

「不，這很需要。你的行為讓我覺得很困惑。我不懂你為什麼要這麼做，是為了讓其他招惹你的女生死心嗎？如果是的話，我覺得這陣子效果已經達到了。」

「那樣太辛苦了，她們死不死心不是我能控制的。」

「那到底是為什麼呢？」

「一定要追根究柢嗎？」

實在很不想說出口，但我還是直說了，「你一直這樣會讓我誤會。」

「誤會？」

「對，誤會。」

「誤會什麼？」

「……」可惡話又縮回去了，而且怎麼有點臉紅，「總之就是誤會。」

楊在軒揚起笑，「也許不是誤會呢。」

「奇怪你又知道我要問什麼了。」

「我跟學藝心靈相通嘛。」

「最好是！」

「對了。」

「嗯？」

「那隻兔子呢？」

「兔……喔，在這裡。」我從書包拿出手機，桃紅色兔子正掛在手機上。「我們家阿兔。

「很可愛嘛。」

「那當然，我眼光好。」

「是嗎？那一定覺得我很不錯吧。」楊在軒得意一笑。

「拜託你少自戀了。」

「欸學藝。」

「幹嘛？」正好舀了匙冰要送入口中。

「妳有喜歡的人嗎？」

「問、問這幹嘛？」我在臉紅什麼？！

「了解一下啊。」

「沒有！」我低下頭大口吃冰，「一個也沒有。」

「那也沒談過戀愛吧？」

可惡差點嗆到。「關、關你屁——什麼事。」硬生生把「屁」改成「什麼」，差點被碎冰哽到。

楊在軒意味深長地笑著，「嗯呵呵呵。」

我抬頭狠瞪，「怎樣，我還很純潔。」

「合理推論，應該沒有被告白過吧？」

「對啦怎樣，」我完全自暴自棄，「不但沒被告白過也沒主動去跟人家告白，可以了吧？我就是沒有戀愛天線。」

嗚嗚這是老妹亮亮說的，相較於小學就開始被男生告白的亮亮，我根本就是失敗中的失敗啊。

「沒有戀愛天線！哈哈哈哈！這句超妙。」

「是嗎，」我沒好氣，「我會替你轉告我妹的，說有人稱讚她。」

「不過，」楊在軒斂起誇張的笑容，改用一種帶有挑逗意味的淺笑看著我，「既然如此，那要不要跟我告白試試看？」

「……雖然我很感謝你曾經借我傘、送我阿兔、陪我走回家還請我吃冰，但我也付出了相對的代價，比方說幫你抵擋爛桃花之類的，我覺得我們互不相欠耶。」

「所以呢？」

「所以你不覺得你這提議很蠢很無謂嗎？」

「學藝妳生氣了。」

「你現在才發現是不是太遲鈍了一點？」

「我只是，現在才說而已。一直注視著妳的我，怎麼可能現在才發現？」楊在軒眨眨眼。

我從來就不知道吃冰可以吃得這麼消化不良。低頭看向半化作水的碎冰，有種愈吃愈火大、愈吃愈燥熱的感覺。

結果，我什麼也沒問清楚，白白浪費了三十分鐘寶貴的青春。套句亮亮的名言：「十七歲花樣年華美少女（？）的三十分鐘是很珍貴、不可以被俗事雜事浪費的啊！」吾妹亮亮，真智者也。

回到家時已經很晚，想到明天要檢查數學補充習題就後悔剛剛怎麼忘了叫楊在軒帶補充習題來借我抄。洗完澡坐在書桌前哀怨地打開補充習題，此刻內心完全充滿了做些什麼都好就是不想算數學的情緒。

「姊！」亮亮跳過來用力拍了我一下。

「幹嘛？」

「妳看！我今天去買的。」亮亮手上拿著一隻龍貓玩偶，她擺弄著龍貓，很開心的樣子。

「妳什麼時候開始喜歡龍貓了？」

亮亮搖頭，「我一直都不喜歡哪。」

「那幹嘛買？」

「當作告白工具啊。我明天要跟喜歡的男生告白，這是小道具，那個男生是宮崎駿的粉絲。」

「妳上個月不是才告白過嗎？」

「是啊，但對象不同嘛～」亮亮在我床邊坐下來，似乎打算開始聊聊她的青春戀愛主義。

我有種頭痛的預感，更糟的是竟然開始猶豫寫數學補充習題 vs. 跟亮亮談她的青春戀愛主義究竟哪種比較痛苦一點。

但很可惜在我決定選擇補充習題的前一秒，亮亮已經開始她「青春戀愛主義之告白是人生必經歷程」的演講。

基本上很好懂，就是「青春就是要戀愛，但戀人不會從天而降，所以要主動出擊，時常告白！被拒絕了也 OK，揮揮衣袖找下個對象就好」之類的，但亮亮不知從何而來特殊能力，竟然有辦法把如此簡單的概念化作長達半小時的單人相聲，中間還一人分飾告白女和被告白男兩角，自己演得不亦樂乎。

如果要說我從亮亮的單人相聲裡得到什麼收穫的話，那應該就是——我親愛的妹妹，妳不往相聲界發展真的太可惜了。

「欸姊！」

「啥？」不知已恍神多久的我被亮亮嚇了一跳，「又幹嘛？」

亮亮鼓起腮，「妳到底有沒有在聽人家講話啦？」

「有、有。」

「那我到底講了些什麼？」

「啊就多告白，青春才不會空白之類的。」

「聽了就要去做啊！知易行難妳聽過吧？」

「才不要。被打槍多丟臉。」

「人生總是會遇上幾次被打槍的嘛，早點訓練可以讓妳以後心臟變強。」亮亮訓示著，「談戀愛本來就是有風險的，但還是要勇往直前才行。」

——如果這毅力發揮在考試上，妳早就能念北一女了吧？

雖然心裡這樣 OS 但卻不敢說，怕亮亮暴走。

「妳又發呆！」亮亮這次乾脆用龍貓攻擊我。

「哎唷不要鬧。」

亮亮直接倒在床上，滾來滾去，一面玩著龍貓玩偶一面說：「姊都沒有喜歡的人嗎？」

「什麼喜歡的人？」

亮亮坐起來，拋接著龍貓，「喜歡的男生啊。」

瞬間，真的是瞬間，某個名字和某張臉閃現。

我搖搖頭，「沒有什麼喜歡的男生。」

「是嗎，可是姊最近常發呆。」

「發呆跟喜歡的男生哪有關係。」

「看起來就像在想念那個男生哪。」亮亮說道，「不過，姊都已經高二了，都沒有暗戀人家或者被人家暗戀過，這樣不是很奇怪嗎?姊難道天生沒有戀愛細胞嗎？」

「去去去，我要寫作業了別煩我。」

「好吧，可是，這樣真的是浪費了花樣年華哩。男人從十五歲到九十五歲都喜歡制服美少女，但女人能穿制服的日子卻短得可憐啊！」

「這感嘆未免也太超齡了吧，妳像是個高中女生嗎？」

亮亮不置可否，帶著龍貓玩偶下了床，默默地離開我的房間。

聽著房門被帶上的聲音，我用鉛筆敲著計算紙，思考著平常在補習班和捷運上看到的不同組合但年紀相仿的高中生情侶們，似乎有點青澀又有點幸福的樣子。

然後下個瞬間——

不，這是不可能的！

為什麼——

我、竟、然、又、想、到、了、楊、在、軒！

這下，慘了……

□

手機鬧鐘宣告著72小時已經過去，我盯著用來記錄的空白計算紙，第一次對正字計數感到如此陌生遙遠並且不可思議。用鉛筆算著總數，一共是746次。

746次?!

從亮亮那晚害我想到楊在軒而且還覺得異常驚慌後，我用手機和計算紙記錄了沒在睡覺、處於清醒狀況的72小時內想到楊在軒的次數。

結果，是出乎意料的可怕。

746次，也就是說在我有意識、沒睡著的情況下，平均每小時至少想到楊在軒10次。這數字——有沒有搞錯?!怎麼可能?!我瞪視著計算紙上的正字記號，就連在此時也想起楊在軒那時而爽朗時而邪氣的笑。

很好，余亮亮，妳姊姊我這次慘了。

真的慘了。

「並不是日久生情，而是一開始就喜歡妳。也沒有友誼邊界的問題，所謂的友誼邊界根本就不存在。」

楊在軒是這麼說的。

「一開始？」我愈來愈不懂。

「嗯，一開始。」楊在軒起身，「走吧。現在還是上班時間。」

「我還沒吃完……」

楊在軒完全不顧及這裡是位於公司一樓的超商，來往的全都是公司同事，即使不認得我，也一定認得繼承人二號楊在軒，他毫不猶豫地伸手挽住我的手臂，把我往上「提」離座椅，並且絲毫沒有放手打算地拽著我離開。

我想起高中時做教室佈置時，手指被釘槍打到血流不止，那時的楊在軒抱我去健康中心的樣子和今天的楊在軒在某個瞬間重新疊合在一起。我怔怔地想著，我以為我想著，但其實是一片空白。

楊在軒，你是認真的嗎？

是真的，喜歡我嗎？

從超商、大廳、電梯、走廊、企劃部，所有人都看得一清二楚。奇妙的是我並沒有想掙脫楊在軒的打算。楊在軒完全不在意所謂的「眾目睽睽」，帶著某種刻意高調的宣誓意味半拖半挾地帶著我回到企劃部經理辦公室。

他把我丟回座位，斜坐在我的桌邊，丟下一句「下班後談一談」就回到座位開始工作。

這次我沒拒絕，因為我比他更迫切需要釐清這一切。

打開電腦螢幕，電腦版的 LINE 傳來未讀訊息，有公事的，也有齊子游的訊息，他邀約下班後一起吃飯，我匆匆鍵入婉拒字句，他很快地回覆了笑臉。

真抱歉。

我在心裡說著。

在同一剎那，我也終於明白齊子游和楊在軒在我心裡的地位到底有多大的差距。我一點都不想承認，然而事實並不會因為我的否認而煙消雲散。我越過螢幕看向楊在軒，他桌上的鍵盤發出急促連續的敲擊聲，是啊，畢竟，還是上班時間嘛。雖說如此，但我還是呆呆地看著螢幕良久，在某個瞬間才清醒過來，手忙腳亂地開始工作。

**「任何跟愛情有關的討論永遠都不會有正解，愛情本身就兼具著問題與答案的雙重性。」**一面想著很久之前亮亮「開示」的大道理、好奇吾妹亮亮是從哪領悟這些，一面關上電腦螢幕，同時感到渾身痠痛。

我不由得按壓著肩頸，試著轉動頸部。

「……妳該不會是運動過後的疲勞吧？」正好走進辦公室的楊在軒看向我，臉不紅氣不喘地正派微笑著，「辛苦的是我耶。」

「楊在軒！」喀一聲，我的頸椎發出了淒慘的聲音。我咬著牙，「你很欠揍。」

「沒辦法，真的，實在沒辦法不逗妳。」楊在軒表現得十分無奈，「我也想正經八百的過日子，可是一見到妳就覺得非逗妳不可，不然會全身不舒服，沒辦法專心工作，神經緊繃，焦慮不安呢。」

算了隨便吧。

已經完全不想反駁，隨你怎麼說吧。

楊在軒自顧自地收拾著桌面，「差不多可以走了，有想去的地方嗎？」

一想到待會兒要和楊在軒「談談」就感到欲振乏力，有種想直接躲回家的衝動。然而回家根本是最糟選項之一，想也知道亮亮一定會徹夜逼供，要我坦白從寬如實招來……

「你決定吧。」

□

雖然下重本買了龍貓但亮亮的告白還是失敗了。

「基本上一個高中男生會喜歡龍貓玩偶實在很奇怪。」我說。

「他不喜歡啊。但他是宮崎駿的粉絲。」

「妳應該考慮送他宮崎駿簽名的DVD。」

「無所謂。」亮亮以一種非常坦然的態度聳聳肩，「之所以想告白，並不是想和那個男生交往，只是覺得，說出來之後就會輕鬆很多。」

「說出來之後反而會尷尬吧？」

亮亮搖頭，「我不知道耶，但就我個人經驗，只要我說出來、主動告白，就會覺得很輕鬆喔。然後就——就——就覺得告一段落，可以重新出發了。」

「妳……是藉著告白來終結喜歡嗎？無論如何聽起來都是這樣啊。而且妳跟男生告白的次數還挺頻繁的耶，這學期已經兩次了吧？妳這個愛情玩咖！」

「哈哈姊好討厭，沒想到這麼關心我，真是太感動了。」亮亮推了我一下，「什麼愛情玩咖，這就是青春啊！我只是想辦法讓自己的少女歲月多采多姿一點罷了。」

「欸我問妳，妳老是這樣，那萬一告白的男生剛好也喜歡妳，說要交往怎麼辦？」

「雖然也有這種情況，但大都能全身而退。因為我有絕招啊。」

「什麼絕招？宣稱妳已經跟別人指腹為婚之類的嗎？」怎麼愈講愈覺得不是我能理解的異世界了⋯⋯

「我的告白台詞有個固定的原則，就是——『雖然告白，但並不想要交往，只想要傳遞這份心情而已。』這樣。」

「——妳這樣對方會很困擾吧？！被找出來告白，心裡小鹿亂撞，但妳又說不要交往，這超奇怪的。」

「一般來說告白都會順便說請和我交往，但我覺得沒必要。」亮亮嘿嘿笑道，「如果對方也喜歡我，那就換他跟我告白說要交往啊。這樣豈不是很好嗎？」

「呃。」算了像我這樣完全沒有實戰經驗的人，再怎樣也說不贏身為資深前輩的亮亮啊。「說真的，妳都不傷心嗎？被拒絕的時候。」

「我只是把心裡的話拋出去，沒有想得到什麼，為什麼要傷心呢？相反地我覺得很爽快。」亮亮忽然挺直背，注視我，「姊為什麼突然開始關心起我的愛情生活了？我記得以前我想找姊聊這些的時候，姊都很冷淡的呀。」

「呃，我哪有，我一向都很關心妳的！」自己都覺得在說屁話。

亮亮抬高下頦，了然於胸地睥睨我，「姊如果想請教我戀愛問題的話，OK的喔。」

「誰要跟妳請教了！」

話雖然如此，但我還是「稍微」地透露了一些訊息。

好比說最近我常常想起某個傢伙，而且次數「有一點點」多。

不過，這世上任何一個正常的高中女生，都會對異性有點 feel 的，沒錯吧？我在心裡不停地重複告訴自己，這種情緒和感覺是很正常的，但腦海裡的樂樂一號卻不停地大喊著：『妳少裝沒事！妳根本就已經喜歡上楊在軒了！妳完蛋了妳，還以為妳品味有多好，結果還不是跟大家一樣被萬人迷吃定！妳沒用了啦。』

腦中的樂樂二號這時也跳出來了，弱弱地說了句：『因為楊在軒的所作所為讓人誤會嘛，這也是情有可原的啊。』

『那又怎樣，反正現在是喜歡上人家了嘛，嘖。』樂樂一號就這樣拋下了結論。

「姊！」

亮亮的聲音打斷我腦海裡的樂樂小劇場，我呆呆地看向亮亮，「嗯？」

亮亮以「妳沒救了」的表情拍拍我的肩膀，「去告白吧，一看就知道姊非去不可了。」

「……這是妳應該對姊姊說的話嗎？」

「這是我根據多年來對姊的了解和實務經驗兩者綜合評比出來的結果，姊就接受吧。」亮亮以權威口吻說道，「看姊的表情就能確定，真的心動了。」

「我、我——」想否認但不知為何就是說不出口。

「怎樣，姊喜歡的那個男生是同班的嗎？還是補習班認識的？還是社團的學長學弟？啊快點說清楚，姊要說清楚我們才能好好討論嘛！」

「我現在一點都不想跟妳討論了。」

亮亮拍了一下手，「姊果然有喜歡的人了！」

爛結論。

真的，好爛的結論。

□

出乎意料的，楊在軒並沒有驅車前往他喜歡的咖啡店、雪茄店、酒吧或者任何在戲劇裡會出現、然後看起來很適合男女主角對坐攤牌的地方。一路上就像什麼事都沒發生那樣，他聽著包含金·凱恩絲在內各種版本的〈貝蒂·戴維絲之眼〉，默默地將車駛向他的私人小屋。

平日楊在軒是個乖兒子，和父母及弟弟同住，但他在淡水有間三十坪左右的小屋，格局是兩房兩廳，有著幾近全白的裝潢傢俱和現在已極少見的拼花木地板，以及一大片海景。

那是他的秘密基地。

雖然看過照片，也知道地理位置，但我卻從沒來過。

也是啦，誰會整天開放秘密基地給朋友參觀呢？

大門一打開時，我以為這間久無人居的房子會有陣陣霉味撲鼻而來，但其實沒有。不管在視覺還是嗅覺上都十分清新，清新到我不得不問了一句：

「你有請人打掃啊？」

「我自己打掃。」楊在軒從玄關的白色鞋櫃中拿出一雙未拆封的全新室內拖鞋，「妳是第一個客人。」

「真的假的……」

楊在軒替我拆開透明塑膠袋，扯下標籤，將拖鞋放在地上。「請。」

「謝謝。」

像是初次到朋友家拜訪，我參觀了整潔的廚房、只放了礦泉水的冰箱、寬敞有海景外加大型按摩浴缸和嵌牆電視的浴室、簡潔風格的主臥和書房以及鋪著柔軟地毯的客廳。

「很棒的地方。」我說。

楊在軒淡淡笑著，不像之前那樣邪氣，他按下遙控器，音響流瀉出他喜愛的《費加洛婚禮》，接著，非常紳士地請我坐下。

「我必須說，昨晚的發展真的超乎我預期。」楊在軒站在我的對角，雙手插在口袋中，似笑非笑，「但，是往好的方向超越，所以我很開心。」

「拜託你能不能別用這種表情講昨晚的事？」我敢保證我現在的臉一定紅到不行，算了，直接捂住臉比較快。「……關於，昨天晚上……我們都是成年人了……」可惡，就算已經捂著臉，但還是說不下去。

楊在軒的聲音無比柔和，「昨晚的事有沒有發生，一點都不重要。重要的是妳，樂樂，妳——考慮過，關於我的愛情嗎？」

我放下手，不由自主地抬頭看著楊在軒。

「或者更正確來說，是關於我們的，愛情。」

楊在軒的樣子不像在開玩笑。

「……我們？」我很勉強才發出聲音。

楊在軒走近我，蹲了下來，伸出雙手包握住我的手。

這是他第一次這麼做。

從他的眼裡我看到自己訝異的神情。

「從一開始，我就不曾站在友情的立場上。」

「……」

「妳不知道我有多愛妳。」

後來，我什麼也沒說就離開了。

回去的路上，楊在軒沒開音樂，一路沉默。

而我，從頭到尾都在想著：如果那時，楊在軒的手機沒有響起，此刻的我會不會已經含著滿眶的感動淚水投向他的懷中？

答案是什麼並不重要，因為時光不能倒流，而我也無法假裝沒聽到手機喇叭透出來的對話。

「到了。」

我解開安全帶，「謝謝你送我回來。」

「樂樂——」

「明天見。」

「樂樂！」

楊在軒試圖說些什麼。

但我奮力推開車門，接著頭也不回地逃走。

□

所以說，

我喜歡上楊在軒了嗎？

好吧其實這答案是肯定的。

自動鉛筆在作業本上輕敲著，一旦意識到了「喜歡」的情緒存在，就再也無法視而不見。也有點像是某種禁忌，愈是禁止、愈想忽視，就愈容易浮現心頭。

可是，我到底是什麼時候喜歡上他的呢？

筆敲得更起勁了。

是他把傘借給我的時候？

還是在籃球賽中對我笑的時候？

又或者是在教室佈置的時候？

也可能在送兔子吊飾給我的時候？

難道是這陣子從補習班陪我回家的時候？

一面想著，才發現原來過去的一段日子裡，有那麼多關於楊在軒的時刻。

問題是，那又怎樣呢？

人家可是楊在軒耶，心機鬼耶，籃球隊的隊草耶，每天早上都有吃不完的愛心早餐耶，跟我這種有時候分組還找不到人收留的小籠包是完全不同世界的人吧。就算從小到大看了三萬本羅曼史（其實只看過一兩本）、被灰姑娘故事徹底洗腦，也還不至於真的相信像他那種等級的男生真的會跟我有什麼發展。

鉛筆的筆心被敲斷了。

『要不要告白一下看看？搞不好楊在軒對妳有意思喔～不然他怎麼會三不五時就來纏著妳？』腦海中的樂樂一號說話了。

『不好吧，萬一失敗會很丟臉……而且，楊在軒是為了利用妳才一直出現的吧？妳忘了他當時是怎麼利用妳拒絕儀隊學姊的嗎？』樂樂二號語重心長，『還有一點，如果真的去告白，楊在軒搞不好會覺得正中下懷呢。』

『什麼正中下懷？』樂樂一號直接嗆聲，『就算楊在軒真的預期樂樂會去告白那又怎樣？做人還是積極點好！』

『妳有沒有想過，如果告白失敗了，接下來會多尷尬啊？又不是明天就畢業了。』

『話不是這樣說，都已經高二了戀愛經驗還是零，這樣上大學一定會被奇怪的阿宅學長騙走的。』

『喔！妳歧視阿宅！』

好了不要再說了！嗚嗚再說下去我真的要人格分裂了。

我丟下自動鉛筆，抓住頭髮，天哪，現在到底是怎樣！還是去浴室洗把臉吧，不知道為什麼總感覺渾身發熱，臉頰燙手。

甩上房門踏入走廊的那刻，正好和亮亮撞個正著。

「姊怎麼臉那麼紅啊？不舒服嗎？發燒嗎？」

「臉很紅嗎？沒有啦。」我雙手按著臉頰，「一定是因為冷氣不夠涼。」

亮亮眼珠一轉，「欸姊。」

「幹嘛？」

「雖然我不知道妳喜歡的人是誰，可是我覺得，妳完全陷進去了。」

完全

陷進去了

嗎？

□

——唷呵！你在哪？我跟你說我回台灣了！現在已經從機場上了車，等一下就到你家了喔。怎麼樣，這麼久沒見，一定很想我吧？那就等會見啦～Bye！

站在電梯裡，耳中不停迴響著透過楊在軒手機傳來的聲音。

她回來了，回台灣了呢。

傳說中楊在軒高中時代的女朋友。

徐丹楓。

雖然注視著電梯樓層燈號，也明確地看到了電梯門在所住的樓層打開，但我卻動也不動。直到電梯門再度緩緩關上，我才失神地猛按了開門鍵好幾下，無力地走出電梯。

不知道亮亮是早就備戰多時，還是聽到鑰匙聲才衝出來，總之她抱著啾啾，站在玄關以一種奇妙的姿態等著我。

「我回來了。」踢掉高跟鞋的瞬間，我也失去了全身力氣。

亮亮打量著我，「姊想談一談嗎？」

我越過亮亮，拖著身體倒在沙發上，有種強烈的虛脫感。真的很誇張，連挪動一根手指都覺得疲倦無比，現在的我就像一灘被潑在沙發上的漿糊，已經不成人形，根本沒力氣接受拷問。

「晚點再說，我現在很累。」

「……姊先休息吧。」亮亮這臭丫頭拋下結論後就抱著啾啾閃進房去。

渙散的視線勉強盯著亮亮關上的房門，楊在軒的聲音不知從哪裡竄了出來：

——妳——考慮過，關於我的愛情嗎？

——或者更正確來說，是關於我們的，愛情。

有什麼好考慮的？

痴心二少高中時代喜歡到現在的人這不是出現了嗎？

那麼，我又是什麼呢？

曾經某個瞬間，我以為楊在軒確實是喜歡我的。

曾經某個瞬間，我以為楊在軒並不是開開玩笑而已。

但是徐丹楓的一通電話，讓我突然明白了，也許楊在軒只是習慣了有我在他的身邊，可是，陪伴和愛情是不同的。兩者很容易讓人混淆，本質卻截然不同。我真的無法分辨在我和他之間的到底是些什麼，也可以說，我從來就不相信楊在軒會喜歡像我這樣的人；甚至連想像都無法想像。

「對了，」亮亮忽然打開房門，探頭出來，「有句話要跟姊說。」

「什麼事？」

「會痛的才是愛情喔。」

「啥鬼？」

「不會痛的不叫愛情啦。」

「妳幹嘛突然跟我說這個？」

「因為姊看起來很痛的樣子。」

看起來很痛——

是嗎？

聽著亮亮房門關上的聲音，我勉力從沙發上坐起，把額前的瀏海撥開，嘆了口氣。

這時啾啾從亮亮房門下方的貓洞走出來，大搖大擺地跳上沙發，圓圓的大眼看著我，對我喵了一聲。

啾啾跟我說話了耶。好乖。

我伸手揉揉啾啾的額頭，牠很舒服地瞇上眼，接著在我身旁窩下來。輕輕撫摸著啾啾，掌心傳來柔軟而溫熱的觸感。雖然貓毛很討厭，但此刻的我非常感謝啾啾，以一種獨特而安靜的溫柔方式陪伴著我，特別是在這種時候。

但是這微妙的寧靜時光並沒有持續多久，可能連三分鐘都不到——皮包裡我的手機響起，啾啾被震動的手機嚇到，跳離沙發了。

是楊在軒打來的。

理論上我應該不要接，但無論如何我都想知道，現在到底發生了什麼事。丹楓小姐回來了，所以要跟我說謝謝再聯絡了嗎？還是楊在軒終於要主演兩女爭一男的網路愛情劇？

在滑動手機的剎那，我很悲哀地發現，自己竟然有那麼一絲絲期盼，希望楊在軒是要挽回我的，是在我和丹楓小姐之間明快地做了抉擇，而答案是我。

我為這樣期盼著的自己感到悲傷。

「什麼事？」接起電話我故作平靜。

「我在妳家樓下。」

「等一下，你這個時候不是應該正在開車回家的路上嗎？」

「我沒回去，在車裡坐了一下。總之妳快下樓，不然我上去也可以。」

「亮亮在家，我下去吧。」不知道為什麼我很想聽聽楊在軒要說的話。

是不是愛上一個人的時候，就會千方百計替對方找尋藉口，或者不停地告訴自己：「至少要聽聽他怎麼說」？

而我，愛他嗎？

我拿起鑰匙和手機，套上便鞋後下樓。電梯在一樓打開的瞬間，透過一樓玻璃門可以看見楊在軒不甚清晰的背影。

略瘦，路燈光線灑在他背膀上的碎細光點彷彿和十年前站在補習班門口等我的男孩沒有兩樣。

但，一切早就不一樣了。

我走出大門，楊在軒一聽見我的腳步聲便回頭，那張好看的臉上淡淡的，看不出有什麼情緒。

「丹楓小姐不是要去你家嗎？你還在這裡做什麼？」

「家裡有的是人幫她開門。」

整個楊家上下都已經跟她這麼熟了？真好啊。

有種刺骨的酸在全身流竄。

「也是啦，未來的二少奶奶歸國，大家總是該列隊歡迎一下。」

楊在軒上前一步，靜靜地伸手想觸碰我的臉。

但我避了開。

「我的愛情，一直都在妳身上。從以前，到現在，一直都是。」楊在軒沒有縮回手，反而更進逼，「就因為一直注視著妳，所以我比任何人都清楚，妳的愛情也屬於我。」

我無法面對楊在軒的目光，於是轉頭看向他處。

「我需要妳在我身邊，不是因為友情、習慣或者什麼其他感情，那種對妳的渴望，是愛情啊。我只是想天天看著妳，感受到妳也同樣需要我。妳明白嗎？」

「……我、我不明白。」這是熱熱的什麼？眼淚嗎？可惡！「楊在軒我一點都不明白啊！你說你的愛情在我身上，那麼過去的十年到底算什麼？那些在你身邊打轉的女孩們算什麼？徐丹楓又算什麼？」

楊在軒一手握住我的上臂，一手輕拭著我的淚水，「我跟很多女孩子交往過，但所謂的愛情，卻只存在我跟妳之間。雖然對她們很抱歉，但這是我的結論。對她們來說，我是個惡劣的傢伙。但是，因為有她們，我愈來愈明白，我的愛只能也只會給一個人，那就是妳。」

有什麼在刺著我。先是說不出來的酸楚和疼痛覆蓋了我全部的知覺，接著內心深處湧出了一股奔騰激動的情緒，強烈撞擊著。某種一直以來被我緊緊包裹收藏、甚至鎖上的情緒忽然變得無比銳利，勢不可擋地穿刺了一切。

剎那間，我終於衡量出楊在軒對我而言的意義。

「……我，我現在覺得很混亂……」眼淚完全不受控制，視野一片模糊。

楊在軒把我按入他的懷中。

「沒關係，」他低低地重複，溫柔而真摯，「沒關係。」

進家門時已經是凌晨兩點多，亮亮睡了，啾啾也應該正窩在亮亮床上做夢。我走進浴室沖了個熱水澡，回到房裡，在梳妝台前坐下。

大概是哭太久的關係，眼睛很腫。

現在想來我也太強大了，從頭到尾哭個沒完沒了，哭哭停停，停停哭哭，幸好楊在軒把車開到停車場去，不然路人八成以為我們在上演什麼社會案件。我從抽屜裡翻找出買來至今已經快過期但卻還未拆封的眼膜，撕開包裝後貼在浮腫的眼睛周圍，一面覺得不可思議——我到底是貯藏了多少眼淚啊？竟然可以流個不停……

我拿出手機，看到齊子游傳來好幾通問候訊息。

以目前情況，我不適合再和齊子游繼續下去，想了想，傳了一通LINE，約他明天晚上見面。我必須把話說清楚。

當然，不只我有需要處理的情況，楊在軒也是。

——那、丹楓小姐怎麼辦？
哭了很久、把楊在軒車裡的面紙用完後，好不容易稍稍停住，我在車裡這樣問。
——她從來就不是問題。
楊在軒露出了奇妙的笑容。
——既然她回來了，也許讓她親自跟妳說明，會比較好。
——丹楓小姐會殺了我吧。
——為愛而死不是很浪漫嗎？
——你這個喪心病狂的傢伙，竟然叫自己喜歡的女人去死？
楊在軒緊緊攫住我，吻著我的額頭。
——傻瓜。妳怎麼會這麼可愛呢？
——等一下，除了丹楓小姐，還有那個女、不、詠婕小姐……
——妳不覺得這陣子她比較少出現了嗎？
——嗯？
——前幾天，我已經和她把話說清楚了。雖然對她很失禮，但為了守護我的愛情，這也是沒辦法的事。
——你的愛情？

——嗯、正確來說，是我們的愛情。

□

自從做了那張記錄、證明自己常常想起某人後，在學校裡的日子瞬間變得非常難過。我總是不自覺地往後排楊在軒的座位瞄，雖然說上課本來就沒有專心過，但偶爾多少還是會聽到幾句關鍵；可是呢，現在每堂課的收穫幾乎完全空白，還常常漏抄作業、搞混考試範圍、生活步調一整個被打亂。

好死不死，這陣子楊在軒也變得有點奇怪。

算起來，這傢伙大概已經兩星期沒有「剛好路過南陽街」了。雖然一週補習兩次，兩週也才四次，但這四次總是讓我在補習班門口故作輕鬆地東張西望、放慢腳步。一開始，我還以為楊在軒是生病還是有事（好比練球、家裡有客人、太常外出被禁足），但隨即又教訓自己，他不來才正常。

反正那傢伙白天在學校看起來挺好的，哼。

然後是第二次、第三次……雖然明明就有楊在軒的手機號碼，可是無論如何都不願意也不能撥過去。

我為什麼要等他？

我根本沒有在等他。

而他，他又有什麼理由老是出現？

「明天要交十頁數學練習耶，今天晚上我看不用睡了。」小瑾一面收拾書包一面抱怨，「就算答案能用抄的，也要抄到凌晨了吧。是說，樂樂，那個數學題啊……我們各寫一半，怎麼樣？然後明天早點來學校交換抄。」小瑾拉住我，「這樣一個人只要寫五頁就行了。」

我嘆口氣，「那妳要寫前半還後半？」

小瑾一怔，忽地放棄，「唉還是算了，要抄整整五頁，也沒多輕鬆。」

「這就是學生生活啊。」

「有時候真覺得妳很冷漠。」小瑾揹起書包，「對功課是這樣，對楊在軒也是這樣。」

楊在軒。

「關楊在軒什麼事？」

「沒啊，只是覺得妳好像不是很在意楊在軒。」小瑾說道，「妳再這樣下去，小心他被搶走。」

「本來就不是我的。」不知怎麼一股怒氣暴衝，我用力把椅子靠向課桌，「我先走啦。」

「今天要補習？」

「嗯。」

「好吧，那明天見啦。」

離開補習班的時候，天空忽然下起雨。不大不小的。

沒有大到非買傘不可的地步，但也沒有小到可以置之不理。

「還好我有傘。」楊在軒的聲音和一把灰藍色的傘像是變魔術般砰一下出現在我面前。

「你、你……」

頓時，有種安心的感覺——

他終究還是來了。

但也有種宿命般的醒悟——

我終究還是在等他。

「一起撐吧。」楊在軒笑著說。

這次我沒拒絕，乖乖地走入他的傘下。

□

「抱歉，等很久了嗎？」

從所坐的位置可以清楚看到，齊子游是跑進來的。

「沒有，我才剛到。」

齊子游一面落座，一面笑著指指我的玻璃杯，「水都快見底了，應該等很久了。不好意思，臨時有一通從國外來的電話，談了很久。」

「沒關係啦，忙公事要緊。」

「昨天我比較早睡，所以今天才回妳訊息。」

「是我太晚傳了。」

「樂樂小姐今天看起來有心事喔。」齊子游向服務生點了杯瑪奇朵後注視著我。

我摸著臉，「看得出來嗎？」

「有事要跟我說，對吧？」齊子游換上沉靜的表情，彷彿有所預知。

我倒是有些不解，「看得出來？」

齊子游略帶感傷地搖搖頭，沒有立刻回答，他拿起玻璃杯，喝了一大口冰水，接著往椅背一靠。

「詠婕昨天來找我，楊在軒很明確地告訴她，自己另有喜歡的人。」齊子游深邃的雙眼望著我，「雖然說詠婕和楊在軒並沒有正式交往，算是處於前置期而已，但她還是覺得很受傷。」

突然間我覺得自己很可怕，聽到詠婕小姐的反應，我竟然一點也不感到難過，反而因為楊在軒的果決，感到些微的開心。

「樂樂小姐也知道這件事吧。」齊子游並不是用疑問句，他展開好看但落寞的笑，「詠婕說，楊在軒很坦白地說了，全部。」

「……我不知道楊在軒到底說了什麼。」這是實話，所謂的「全部」，我一點概念都沒有。

齊子游看著我，「我想，樂樂小姐應該也喜歡楊在軒吧。」

噢，所以楊在軒把我的名字供出來了。

也好。

至少免去了許多我可能沒辦法好好說明的解釋。

「對不起。」我直截了當地道歉。

齊子游笑著嘆息，「沒有什麼好對不起的。樂樂小姐又不是在結婚典禮上放我鴿子，我們甚至連手牽手的階段都還不到呢。說對不起太沉重了。」

「……但我還是覺得抱歉。」我衷心地說。

「對什麼覺得抱歉呢？如果只是因為樂樂小姐喜歡的不是我，那沒有什麼好抱歉的。沒有誰可以因為對方不喜歡、沒有選擇自己而怨恨怪罪，不是嗎？」

「確實是。」我弱弱地說，「只是，我不太誠實。」

齊子游意有所指，「所以說，樂樂小姐一直都喜歡楊在軒嗎？」

「是不是一直我不清楚，應該不是吧。但至少現在是。」說出口的剎那，實在覺得自己勇氣驚人。

「那就好。愛情最強大的地方就在於，它很可能是這世上唯一無法假裝的事。不管是喜歡一個人，還是討厭一個人，都一樣。」

「嗯、真的。」

「我很希望樂樂小姐過得幸福。但是，」齊子游端起咖啡，淺嚐一口，「連續兩次都敗給楊在軒，怨恨感還是少不了的。」

「你真的很陽光。」

「並不是陽光就不會受傷。」

「所以你還是受傷了？」

「哈。我OK的。有點失落罷了。」

「我看過一篇文章，它說如果女生發現被自己甩掉的人不傷心就會很失落。」

齊子游馬上捂住胸口，「其實我真的好傷心，心都碎了呢。」

「是嗎？這樣我應該要得意才對。」

「是呀，余樂樂，妳是讓男人傷心的壞女人。」齊子游忽然伸手輕觸我的手背，暖暖的。

「一定要過得很好，壞女人。」

「……謝謝。」

□

躡手躡腳地我走進亮亮的房間，雖然她根本剛剛才出門但身為小偷還是低調點好。我輕輕走向亮亮的書櫃，赫然發現能下手的「目標」比我想像中多了好幾倍。

我原來只是想跟亮亮借幾本愛情小說來參考參考，結果一旦來到她的書櫃前，才猛然發現這丫頭書櫃裡有九成放的都是愛情小說。教科書、參考書、字典——只有這學期要用的基本份量，根本就少得可憐。

好吧亮亮能夠成為青春戀愛教主果然不是沒有原因的。

這愛情小說……數量多到已經無法隨便下手了。

一整個眼花撩亂。

選哪本好呢？

哪本看起來跟告白比較有關係？

哪本看起來薄薄的很好懂？

哪本——

「姊妳在幹嘛？」冷不防亮亮的聲音狠狠戳中我後背。

「妳、妳什麼時候回來的？」我刷地轉身，只見亮亮雙手抱胸一臉狐疑地打量我。

「我還沒走到公車站就想起忘了帶手機，所以回家來拿。這不是重點，重點是姊明知道我出門還跑來我房間是要做什麼。」

「……借本書看看。」

「哪本書？」

「還、還沒決定要借哪本……」

「啊？」亮亮慣常地瞇起眼，「什麼叫『還沒決定借哪本』？」

「我先看看妳有哪些書嘛。」

「妳到底要借什麼啊？我可沒什麼妳用得著的教科書喔，我的書櫃裡只有愛情小說而已——」

「我看到了，妳的藏書看起來完全不像需要準備考大學的高中生。」

「我才不允許考試這種東西玷污我的青春咧！」亮亮挑眉，「是說——姊，該不會是來借愛情小說的吧？嗯？」

可惡一被說中就覺得好丟臉。

「不行嗎？」

「姊的書櫃裡不是教科書就是西村京太郎耶，最好妳是會看愛情小說啦。」

「我、我想換換口味不行嗎？！」

「真人面前何需說假話。姊，妳是想研究一下青春戀愛故事，來作為備戰參考吧？」

還備戰參考咧。

「我完全不懂妳在說什麼，哼，我要去打電動了。妳拿了手機就趕快出門啦。」

接著我以迅雷不及掩耳之速逃回房間。

可惡人生第一次當小偷就這樣慘敗，我這到底是……

幸而亮亮沒追過來囉嗦，拿了手機後一面喊著要遲到了一面穿鞋出門。

我坐在書桌前托著腮，忽然對這樣的自己感到很陌生。

關於楊在軒——

好吧事實擺在眼前，我終究跟其他女生沒兩樣，□□他了。

可是□□他又如何呢？

按照亮亮的青春戀愛理論就是要告白，讓楊在軒知道我□□他，可是告白之後呢？每天都會很尷尬吧。而且最重要的是，楊在軒對我，又有著怎樣的感覺。光憑楊在軒老是出現在補習班等我這件事，就讓我很難不以為他也□□我（姑且不論他的眼光是否很有問題）；如果真是如此，那麼告白一定會順利萬分，沒什麼好擔心的，但萬一他其實並沒有□□我呢？告白之後只會超級尷尬的吧。說不定楊在軒還會在心裡笑我不自量力，「連小龍女和儀隊學姊都看不上眼的我，又怎麼可能會接受『小籠包』呢！」之類的。

啊啊，想到這裡我就勇氣全消。

可是，不知曾幾何時，想告白的念頭悄悄的萌生，而且現在已經重重盤踞在我的心上，揮之不去，逃也無處。

不如就暗戀吧？

忍住不說還是上上之策啊。

可是，我實在不是擅長忍耐的人……

到底該怎麼辦才好？而且、我一點都不想向亮亮求救啊啊啊！

## 08

在教務處前交教室日誌時，有人叫住我。對方看了看我手上的教室日誌問道：

「同學，妳是二〇八的學藝嗎？」

「啊？對，我是。」

高頭大馬又渾身汗臭的陌生男同學指了指活動中心後方，「那邊有人找妳。」

「活動中心後面？」

「嗯、就那棵大榕樹下。」

「這樣啊，我知道了，謝謝。」

這麼大的太陽，光是走到活動中心就全身是汗了吧？到底是哪個討厭鬼有事不會直接來找我？我一面嘟囔著，一面拖著腳步走下樓梯，在心裡抱怨著得在熾熱陽光下橫越操場。

在活動中心後面庭院等我的人，是楊在軒。

「給妳。」他笑吟吟地遞給我一罐半透明玻璃瓶裝的西洋梨汁。

西洋梨汁，這什麼奧妙的果汁啊？

「你就為了這個專程叫我過來？」

「對啊。」楊在軒在花壇旁坐下，「我怕直接在班上給妳，妳會不開心啊。」

「……還真細心。」但現在的我其實很希望你能直接在班上給我果汁。

「很冰喔。我知道我們學藝怕熱，快喝吧。」

「知道我怕熱就不要讓我在大太陽下走這麼久啊。」我順順裙子，感覺心跳有點快，也在水泥花壇邊坐下。

「可是流汗之後更會覺得果汁好喝。」

「是這樣嗎。」

「而且在這裡還可以獨處，不好嗎？」

「……滿好喝的。」我決定專心喝果汁，不要胡思亂想。

空氣裡有植物和泥土的味道，陽光從榕樹葉縫中灑落在我和楊在軒的腳邊形成斑痕，微微的風無法帶走大量燠熱的暑氣。而不遠處的校舍後方有著一片相當漂亮的湛藍天空，比棉花糖還柔細的白雲圓滾滾的移動著，有時拉著像尾巴似的柔軟雲絮。

然後——

廣播器發出了一點都不美好的聲音。

「……午休了耶。」聽著鐘響，我站了起來，半透明的果汁瓶已經空了。

「要回去點名了。」楊在軒用長長的手指夾住瓶口，向我微笑，「雖然只有短短的幾分鐘也沒說什麼話，但我很開心。其實一開始我以為學藝妳會把果汁潑在我臉上呢。」

「我才不會。」

怎麼辦，突然覺得眼前的楊在軒比平常更帥更好看了。

而且，專程找我出來一起喝果汁，這行為實在是……讓我不誤會都很難哪。

這個時候，忽然有一陣涼風穿過了樹梢，並直直地吹進了我的心——

「那個。」才剛喝完果汁，但此刻卻口乾得不得了。

「嗯？」楊在軒望著我，等著我說下去，「怎麼了？」

「謝謝你的果汁。」我一定臉紅了可惡。

「謝謝妳陪我一起喝果汁。」

「不客氣。」我說。

「要不要一起回教室？還是要分開走？」楊在軒笑著問。

「等一下。」我說，「我有話要跟你說。」

「有話要說？好的，我會很認真聽。」

**楊在軒，我喜歡你。**

□

回家的路上楊在軒打了兩通電話，一通是很瑣碎的閒聊，跟往常一樣：晚餐吃了沒今天天氣有點悶明天企劃部和業務部的例行會議準備得如何之類的；唯一不同的是，現在他總是「娘子娘子」的叫我。

至於第二通就簡短多了。

——丹楓明天下午想見見妳。

——讓我跟徐丹楓小姐見面，兩個人直接當場廝殺嗎？這完全是你應該站出來處理的事耶。

——我知道娘子的意思，可是，有些事她說比我說有說服力。

——哼。光是她一回台灣就去住你家這件事，我就不能接受了。

——哈哈哈哈，所以這幾天我不都很乖的住在淡水那裡嗎？

——哼哼。

是說，直到現在我仍然覺得這一切很不可思議。

雖然明白這是現實生活中發生的事沒錯，但又有種隔著玻璃在旁觀的模糊與不真切，似乎並不是自己的事。

「我回來了。」

「唷。」亮亮坐在沙發上，手上拎著遙控器，「今天看起來精神不錯嘛。」

「是嗎？」

「終於搞定楊在軒了？」

「什麼終於搞定……」

「別想進房，我都還沒審問姊呢。」

「喔呵！姊姊是妳可以隨便審問的嗎？」我推開房門，沒想到亮亮馬上也追著進來。

「我一點都不想知道那天晚上姊跟楊在軒到底為什麼不去摩鐵而是回家，這件事我已經放棄了。」亮亮一臉狐疑，「重點是，妳跟楊在軒現在究竟是什麼關係、算是修成正果了嗎？」

「還修成正果咧。」我有點害羞，「……算是、確定了吧。」

「確定什麼？戀愛關係嗎？不是砲友關係對吧？」

「余亮亮！」

亮亮高舉雙手，「好好好，我只是擔心姊而已嘛。總而言之，楊在軒跟姊，終於『交往中』了嗎？」

「……好像是這樣。」我在床邊坐下，不自覺地嘆口氣。

亮亮半晌沒說話，就只是站著看我。

「妳幹嘛？」這時的亮亮應該要口若懸河地發表一堆戀愛理論與實踐啊，結果竟然一聲不響。

「怎麼辦，我反對。」亮亮以一種相當溫柔，幾乎不曾有過的口吻說道，「我不相信楊在軒。」

這次換我不吭聲了。

亮亮說反對呢。

過了不知多久，我才勉強開口，「我不是很懂。」

亮亮側著頭，靜靜地瞅著我，「也許說『反對』太強烈了一點。應該說，我覺得楊在軒會讓姊受傷。對姊來說，男人只能分成兩種，一種是普通男人，另一種就只有楊在軒，對吧？正因為他對姊來說這麼特別、這麼重要，所以他帶來的傷害也一定特別深。並不是說楊在軒一定會傷害姊，而是、如果真有那麼一天，姊恐怕會留下一輩子也撫平不了的傷口或者空缺。因為是重要的人，才能重重傷妳。」

「……我本來以為亮亮妳會說些『終於啊』『浪費了這麼多年才覺悟』『早知如此』之類的話。」

「我不是故意要潑姊冷水喔。」亮亮走近我，在我身邊坐下，伸手攬了攬我的肩膀，「某種程度上，我比姊更害怕受傷。」

「高中告白女王說怕受傷，超沒可信度。」我推她一下。

「姊大概不記得了，就是因為怕受傷，所以我永遠只告白一半，從來不願意把『請跟我交往』說出口啊。因為我膽小嘛。」亮亮難得帶著些微感傷，說道，「總之，我並不是覺得姊跟楊在軒在一起不好，說真的，你們沒在一起才奇怪呢。只是，愈是深愛的人，愈是有傷害對方的力量。」

「嗯。」

亮亮走出房間後，彷彿被她傳染似的，我很難得地打了電話給楊在軒。

「娘子也決定時刻關心我了嗎？」楊在軒一接起電話就以歡快語氣打招呼，「我一個人在淡水孤獨寂寞地看著海景想念娘子呢。」

「那個背景音樂不是《刺客教條》嗎？還想念咧。」我不是帶著傷感的心情打去的嗎？結果第一句竟然是這個……

「我本來就知道娘子妳上知天文下知地理，沒想到對電動的造詣也這麼高，佩服、佩服。」

「……好了啦，打去不是要聽你哈啦的。」

「我愛妳。」

「啥？！」

「既然不是打來聽我哈啦，那一定是要聽這句的啊。」楊在軒毫不扭捏，「只要娘子想聽，說多少次都沒問題。」

「呃……」雖然你這麼說我確實有點小鹿亂撞，而且這一撞還差點把重點撞忘了，但我不會就這樣被哄騙的！「我不是要聽這個啦還有先不要插話，讓我把話說完——亮亮，她說她反對我們，總之，她很怕我受傷。」

楊在軒沉默了幾秒，「是嗎。」

「嗯。」

「——妳介不介意我單獨跟亮亮見個面談談呢？」楊在軒的聲音透著一股平穩淡然，「我想，有必要讓亮亮了解我的想法，也許這樣她才能放心。」

「這樣啊……」我想了想，「也是。」

「不過如果她沒空也就算了，畢竟我已經是妳們余家的人了，不管她同不同意，娘子都一定要對我負責才可以。」

「態度也轉變得太快了吧！剛剛還正經八百的，現在馬上就嬉皮笑臉。」

「不好嗎？老是耍憂鬱的男生也很惹人厭吧？還是，我們娘子喜歡憂鬱小生呢？

我全都可以配合喔。」

「我喜歡雷神索爾，馬上變成他吧。」

「雖然沒有那麼強壯，但，那天晚上沒注意到我也有胸肌腹肌人魚線嗎？」

「誰、誰會專程注意——」可惡竟然又臉紅！

「啊——」楊在軒拉長音，「下次提醒我，脫衣服的時候要慢、慢、來。」

「變態！我要掛電話了！」

「欸欸娘子，記得幫我約亮亮，只要她時間OK，我隨時都能抽空喔。」

「好啦我問問看，不過說不定她會拒絕喔。」

「那我只好過去拜訪了。」

通電話前的心情，明明就被亮亮的話染上了淡淡的藍色，但現在卻一掃而空。我揉捏著手機上的桃紅兔吊飾。終於理解自己為什麼即使出社會工作這麼久，仍不願意拿掉這孩子氣吊飾的原因。即使早就洗不乾淨而且也開始掉毛，但還是想要牢牢握著它。

在理解的瞬間，對第一任男友的怨懟與心結似乎終於有所鬆動。

或許，我確實在不知不覺時傷害了他。

也或許，他確實在我的眼中看見了楊在軒。

□

——楊在軒，我喜歡你。雖然喜歡，但我沒有要和你交往。

——剛好……我現在，沒辦法跟妳交往。

後來，我沒回教室。

一個人坐在活動中心後門的階梯上，手上輕晃著西洋梨汁的半透明空罐，一面喃喃自語啊好熱怎麼這麼悶熱，一面覺得自己既勇敢又愚蠢。要負責中午點名的楊在軒離去時帶著很燦爛的微笑，燦爛到會讓人誤以為我們順利開始交往。但事實並非如此，而且根本就是停留在某種不明不白的結論上。

首先，是我被亮亮的怪異理論影響，導致說出了「雖然喜歡但沒有要交往」這種奇怪的話；再來，是楊在軒用著非常迷人漂亮的笑容回覆了也很莫名其妙的結論：「剛好現在不能和妳交往」。雖然很想揪著他衣領逼問「那過陣子就可以嗎」，但強大的少女自尊阻止了我，並且讓我成功（？）表現出毫不在意的輕鬆氛圍。

這樣的告白到底算是成功還是失敗我不清楚，但至少氣氛並不尷尬，楊在軒也沒有露出「天哪妳也太不自量力」的表情（說不定他是吶喊在心裡）。

只是，這也連帶給出了一片十分模糊的地帶。

楊在軒是怎麼想我的呢？

他的心，和我的心是一樣的嗎？

不對，不能多想，多想就會期待，而期待就會受傷。

那天之後的第一次補習，楊在軒和往常一樣出現，淡淡地談著極瑣碎的學校閒話，籃球隊下週有比賽之類的內容，彷彿我從來未曾跟他告白過似的。我有點不確定是不是一切就到此為止，但也沒有強烈想要再追求什麼的心。像現在這樣，一起回家，一起聊天就已經很好。

如果亮亮知道我這麼想，應該會教訓我一番吧。哈。

但是，事情並沒有以預想中的模糊情況持續發展，反而在之後短短幾天內往我意想不到的方向疾馳而去，就像是新幹線那樣。

——今天有事，不會去補習班，自己回家要小心。

說真的我從來沒有收過楊在軒的簡訊。看到的瞬間以為自己眼花了。

不來就不來，傳什麼簡訊呢……並不是那種需要傳簡訊的關係啊。雖然這麼想著，可是心中還是不由自主地感到一絲甜甜的感覺。

「啊煩死了！」小瑾竄跳著到我身邊，「樂樂今天能不能不去補習啊？陪陪我吧。」

「陪妳？妳不是有社團活動嗎？」

小瑾拉開椅子坐下，「這陣子沒臉去社團。」

「怎麼了？跟社團的人吵架嗎？」

「這個嘛，簡單來說，就是我們一群女生在背後抱怨副社，結果在上次我感冒沒去成的聚餐上，其他一起抱怨副社的女生竟然全～部背叛我，完全倒戈變成副社的手下了。真是氣人，當初那些壞話人人都有份，最後竟然全冤枉到我頭上，太卑鄙了！」小瑾嘟著嘴，「我說過的話我一定認帳，但把自己說過的話全推給我，真的是超級沒品。」

「現在不是很流行心機女嗎？大家是看了電視以後現學現賣吧。」我一面收著書包，「果然防人之心不可無啊。」

「所以囉，這陣子實在不想去社團。也不想回家，哎，好鬱悶哪。樂樂，一次就好，蹺一次課陪我去玩嘛，好不好？」

「蹺一次課是還好，但補習費就這樣一去不復返了……」

「友情比金錢更重要！妳最好的朋友我心靈受到了創傷，這可是很嚴重的事哩；

更何況同班兩年，也才拜託妳這麼一次——今天就陪我到處晃晃嘛，嗯？」

我蓋上書包，確實也不太想去補習（絕對不是因為某人不出現的關係）。再說，我不是那種資優模範生，非得全勤的那種，平常偶爾也會發生無論如何都提不起勁、不想補習的情況，那時就會選擇蹺課。

至於今天……

小瑾的確很少開口拜託我什麼，看來今天是真的很需要我陪吧。

「好吧，少去一次應該是不會怎樣。那妳想去哪裡？」

「哈哈太好了，去哪裡都好，總之我需要好好放鬆一下。」

「真的是，早知如此，當初就算心裡再怎麼討厭妳們副社，也不應該說出來的。」

小瑾嘟起嘴，「已經來不及了啦。」

離開學校之後我跟小瑾搭捷運去了西門町，雖然沒有什麼特別想看想買的東西，不過四處走走看看沒什麼不好。路過一間擺滿夾娃娃機台的小店時，我稍微看了一下，很可惜沒有我喜歡的桃紅兔。

雖然是平常的日子，西門町依舊人潮擁塞，路上有許多情侶，而這些情侶中更有很多是跟我和小瑾年齡相仿、都還穿著制服的高中生。

高中生情侶啊……

糟糕我竟然想到了楊在軒。

我到底為什麼笨到學人家告白呢？

真的是蠢到爆了呀！

「喂喂，妳那是什麼表情？整張臉這樣糾～在一起，是突然肚子痛嗎？還是踩到了狗大便？」小瑾注視著我。

「沒、沒有，沒什麼。」

「是說，有件事想問妳很久了。」

「什麼事啊？」

「楊在軒的事。」

「呃。」糟了。

「樂樂跟楊在軒，確實在交往吧？有在南陽街補習的同學都知道，太常看到你們走在一起了。」

「也不過就是走在一起……」實在沒勇氣把告白的事說出口，我這人的個性真是討人厭啊。

「楊在軒啊……傳說中的楊在軒……說實話大家真的都在議論呢。」

「議論什麼？」

「楊在軒為什麼跟學藝這麼要好、是不是學藝倒追楊在軒、楊在軒真的有跟學藝交往嗎、楊在軒的眼光很奇怪……總之各式各樣都有啦。」小瑾在賣髮夾飾品的小店前停下來，「如果我是妳，一定緊緊抓住楊在軒。」

「緊緊抓住嗎？不是用力就能解決的吧。」

「但是沒伸出手的話，手心永遠是空的啊。至少要奮鬥一次試試看才行。」

「其實，大家所問的問題，我也想知道。統整成一個問題就是：楊在軒在想什麼？」我注視著一只紫色絲帶髮夾，接著拿了起來，「妳看，這髮夾漂亮吧？」

「是挺好看的。」

「楊在軒就像這髮夾。」

「他像髮夾？」

「對啊，髮夾。妳看，單看這髮夾很好看，跟我搭在一起之後，髮夾沒有改變，但卻突顯了我的不可愛，這樣很傷感。」

小瑾伸手拍向我的肩，「樂樂，妳真的很莫名其妙。」

「看來，我的心情完全沒傳達給妳……」

「好像是耶，哈哈哈哈。」

送小瑾上了公車後，我走向捷運站，猶豫要不要戴上耳機聽音樂，但又覺得只有幾站的距離，不聽也無所謂。嗶完悠遊卡進入月台後，習慣性地想走到人比較少的位置，不過，只走了幾步就停下了。

雖然不是每個人都跟我一樣因為眼前的情景停下，但也都注意到了。

一個帥氣的高中男生捧著一束花，似乎是要向他面前的北一女同學告白。北一女同學有著相當秀美精緻的臉孔，還有一頭女神般的烏黑秀髮，並且透著一股相當優雅的氣質，我若是男生也一定傾心。但是，北一女同學身邊還站著另一位更高更帥的男生，那個男生直接牽起了北一女同學的手，宣示主權。

因為月台廣播而什麼都聽不到，只看到告白的男生放棄了，手上的花束雖沒有誇張地跌落在地，但也完全失去力氣似的轉了一百八十度直接朝著地面。

北一女同學似乎鬆了一口氣，在她身旁牽著她的手、和她十分相配的男孩拉著她踏入正巧開門的車廂，目不斜視。

我站在原地，直到被趕著上車的乘客輕輕撞了一下，才開始移動腳步。

車門即將關閉。

北一女同學和牽著她手的男孩並沒有往車廂外看。

**真可惜沒往外看。幸好沒有。**

兩種截然不同的念頭同時出現。

列車啟動後我低下頭摸索著書包裡的耳機，現在很需要音樂。最好是搞笑一點的、吵鬧一點的。愚蠢一點的也可以。

討厭，耳機到底放哪去了。算了不聽總可以了吧。

啊、氣死了，面紙！面紙呢？怎麼連面紙也找不到呢？怎麼什麼都找不到？

可惡。沒辦法。

我閃到龐大的柱子後，偷偷的用手背擦去眼淚。奇怪了，竟然流個不停。在捷運月台上哭的女高中生，怎麼看都很奇怪啊，可惡。

手帕！啊，太好了，幸好有手帕——

我急忙打開手帕，捂住整張臉，努力不要發出聲音。

深呼吸！吸——吐。吸——吐。吸——吐。

沒關係的，余樂樂，妳要振作！

這又不是什麼大不了的事。但為什麼牽著北一女同學的楊在軒，會讓我的心在瞬間揪起？心像是被刨刀來回削動似的，痛到不行。

我果然，沒有自己想像的豁達。

□

雖然當年只見過一次，但依舊一眼就能認出徐丹楓。

遠遠就看到徐丹楓身著一襲深藍色典雅合身小洋裝，深色布料襯托出她的白皙，宛如韓劇女星般的棕色大波浪長髮顯得女人味十足，妝容精緻可愛，九頭身的她，從推開玻璃門的瞬間，就已經完勝了咖啡座裡所有雌性生物。

就連懷著不愉快心情坐在這裡的我，都覺得賞心悅目。

服務生領著她來到桌邊，本以為是嬌氣十足、會擺臉色的大小姐，沒想到徐丹楓卻彎著眉勾起歡暢的笑容：「哈囉，久等了。」

心情是有這麼好嗎？

「妳好，我也才剛到。」

不知為何，她看起來十分開心。

開心到讓我在瞬間以為她是約我來姊妹談心。

這當中是不是有什麼誤會啊？

待寒暄結束，飲料也都送上之後，丹楓小姐很放鬆似地托著腮，「好久沒來這家飯店了呢，他們的草莓鮮奶茶很不錯喔，下次來的時候可以試試看，真的很推薦。」

「這樣啊。」這種一杯飲料好幾百的地方最好我會常來。

「樂樂姊，聽到我說要見妳的時候，應該嚇到了吧？」丹楓用漂亮的大眼睛瞧著我，「我可以叫妳樂樂姊嗎？還是過陣子就要改口叫表嫂了呢？」

啥？！

「表、表嫂？妳說——」

丹楓小姐長長的睫毛閃動著，「就嫁給表哥的女生，不就是表嫂嗎？」

「妳——妳要介紹妳表哥給我嗎？」用以跟楊在軒交換？妳到底在想什麼啊徐小姐！

「為什麼要介紹？妳不是已經跟二表哥在一起了嗎？」這次換她露出不解的表情。

「……等一下，我不是很懂耶……二表哥……是哪、哪位啊？」我強忍不要讓「哪根蔥」脫口而出，臉部因此而變得扭曲。

「楊泰軒是大表哥，楊在軒是二表哥，楊沛軒是小表弟呀。我姨媽的兒子，不就是表哥表弟嗎？」

表哥？

表妹？

他們是表兄妹？

幕容復跟王語嫣？

賈寶玉跟林黛玉？

腦海裡突然出現《天龍八部》中王語嫣含情脈脈望著慕容復，小聲喊著表哥表哥的神情……

「不會吧？表兄妹怎麼能談戀愛？我明白小說裡有很多，以前也很流行親上加親，不過民法是不允許的……」我到底在胡說什麼啊，我一定是受驚過度了！

丹楓小姐略一皺眉，「我知道表兄妹不能結婚。不過，沒規定不能談戀愛啊，不結婚不就好了？」

「……說是這樣說……」我喃喃回應著。

天哪，原來楊在軒身上竟然發生了這麼苦情、這麼戲劇的故事！我竟然一點都不知道！原來他的初戀對象，竟然是自己的表妹——這也太悲情了吧？如今，我終於明白這傢伙到底為什麼個性如此扭曲！相愛但卻不能在一起，真的好悲慘……

「樂樂姊，妳的表情……滿可怕的，怎麼了嗎？」

「啊？沒有，我、我不知道……」完全不知道該說什麼才好。

「二表哥從小就很照顧我，因為我們年紀最相近，也是所有表哥表姊裡跟我最談得來的。」她露出幸福的笑容，「我還記得，當年只有我發現他偷偷暗戀妳唷。」

「是喔。」已經無話可說的我意興闌珊地用吸管攪拌著冰咖啡。自己發出的話音在耳邊迴響著。

是喔。

是喔。

是喔……

是喔？！

咦？！

「妳剛剛說……楊在軒，他暗戀誰？」

丹楓小姐啜飲著果汁，有點含糊地說著，「暗戀妳呀。你們不是從高中時就開始談戀愛了嗎？」

感覺有人戴著拳擊手套重重敲向我的腦門。

現在是什麼情況？！

「楊在軒，高中的時候，明明就和妳在交往啊！」

「怎麼可能？我們是表兄妹耶！」丹楓小姐圓而大的眼睛突然一亮，「樂樂姊妳完全誤會了吧……我高中時是滿常借用在軒哥沒錯，但那時我有喜歡的人，而他喜歡的是妳，我跟他哪可能啊。就算沒有親戚關係，也完全不可能的。」

「咦咦咦咦？！」

丹楓小姐纖細的身體往後一靠，眼珠轉動著，「我明白了……樂樂姊，妳好像真的從頭到尾都誤會了喔。那個時候，我身邊很多蒼蠅，所以每次我要拒絕男生告白時，就會借用在軒哥當擋箭牌，逼他假裝是我男友。幾次之後在軒哥覺得很煩就不理我，於是我就去拜託我姨媽，也就是在軒哥的媽媽，讓她說服在軒哥繼續扮演我的假男友。是不是，這件事造成了妳這麼多年的誤會呢？」

是！

完全是！絕對是！根本是！

你們這對令人無言的表兄妹！

所以、所以——

所以這些年來我跟楊在軒到底浪費了多少青春啊？！

——為什麼是我？我看起來比較好欺負，是這樣嗎？

——並不是！

——我不覺得你是會無聊到開這種愚蠢玩笑的人。理由，真正的理由是什麼？

——理由就是我喜歡妳。

——你覺得我會相信嗎？

——妳不覺得相信會比較好嗎？

——理由，我再問一次，真正的理由到底是什麼？

——我說了但妳不信。

楊在軒的聲音緩慢地從我心裡的某道空隙流溢而出，一下子填滿了我的胸口，強勁的壓迫感讓我無法呼吸。

無法呼吸。

我說了但妳不信。

一定是因為感到窒息的緣故，所以眼睛好痛。

痛到，就要掉淚了。

我說了

但

妳不信

09

## 楊在軒的午茶時光之一

「我要一杯冰淇淋蘇打、一份焦糖布丁、一份主廚特製總匯三明治、再來一塊巴黎風蘑菇雞肉派。」亮亮啪一聲闔上菜單，把菜單遞給服務生。

服務生轉頭看向我，「請問先生要點什麼？」

「一杯藍山。」我說。

「好的，為您複誦一次您的餐點：一份焦糖布丁、一份主廚特製總匯三明治、一份巴黎風蘑菇雞肉派；飲料的部分是一杯冰淇淋蘇打和一杯藍山。」

「對。」我點點頭。

「好的，立刻為兩位準備餐點。」

服務生走後，亮亮就像個充滿好奇心的大孩子四處張望，「原來這就是傳說中的雅典娜飯店喔，也未免太豪華了，竟然在咖啡廳裡有這麼大座的噴水池和舞台，嘖嘖嘖。」

「妳喜歡的話，我可以常常請妳來喔。」我說。

亮亮挑眉，「這種話不要亂說，會讓人誤會你要泡我。」

「樂樂的妹妹，就是我的妹妹。」

「哼哼，話倒是說得挺漂亮。」亮亮拿起水杯，淺嚐一口，「算了，不要浪費時間，我們就開誠佈公的說吧——我反對我姊跟你在一起。」

「我知道。但那是她的自由，妳不該干涉。」

「明知道她會受傷，還讓她去送死嗎？就像明知道小朋友摸了插座可能會被電到，我能夠眼睜睜地看著小朋友去玩插座嗎？」

「她不會受傷的，亮亮。」

亮亮輕輕搖頭，「我不認為你是壞人，但我也不認為你給得了我姊她想要的幸福。雖然她死不承認，而且也曾經跟其他人交往過，可是我知道，她一直以來都喜歡你。你知道大學時跟她交往的學長吧？其實那個學長當年跟我姊分手後，曾經寫了一封信給我，他是真心覺得，我姊總是用看著你的那種目光看著他。雖然我覺得那只是學長的藉口，但仔細想想，說不定真的隱約有那麼一回事。」亮亮嘆氣，「你知道你已經成為了我姊的一部分嗎？」

我靜靜聽著，思考著，之後決定誠實地回答，「我知道。而且這正是我所希望的。」

亮亮不自覺瞇起眼，這點跟樂樂一模一樣，「什麼意思？」

「我希望，我和樂樂能成為彼此生命中不可或缺的一部分。不是誰擁有誰，而是形成共同的生命體，就像兩個起初有著稜角邊緣的半圓形，最終完美契合，再也無法分開，而這世上也不可能再有能像我們這樣契合彼此的完美半圓。」

「……你是什麼時候開始有這種想法的？」

一想到那個命定的瞬間，我的嘴角不由得上揚。

其實一開始同班我就注意到她了。

跟其實總是帶著愛慕或欣賞眼神看我的女孩不一樣。

應該說，她也曾經那樣看過我，但僅僅幾秒，之後目光就再也沒有落在我身上過。她總是想辦法跟同學換到窗邊的位置，在上課時看著窗外，好像從那一扇扇的鋁窗看出去，是充滿歡樂的奇幻世界那樣。

不過，那時的我也只是稍微注意到她而已。

如果要說，所謂「命定的瞬間」，

應該是那個時候——

有一天，她突然在下課時間，很大聲很大聲地叫我的名字。

我順著聲音抬頭，和站在講台上的她目光相接。

那是非常單純、清澈，足以完全反映我的美好目光，不帶著任何情緒，純淨透明，不沾染一點世俗之氣的目光。

就在那瞬間，我覺得擁有如此明亮清澈雙眼的她真的非常美。

非常美。

「……你真的病很重。」亮亮毫不留情地戳破我的回憶泡泡，「我姊哪可能有那種眼神，她單眼皮耶眼睛根本就很小。好吧我其實也是，只是我有貼雙眼皮膠帶。啊這不是重點啦，重點是，這很沒可信度。如果真的是這樣，你真的就這樣喜歡上了我姊，那你為什麼沒跟她告白？而且，我知道她在畢業前曾經跟你告白過，結果你拒絕了，對不對？可見你根本在說謊！」亮亮目光銳利，「若你真的喜歡她，又為什麼沒有順勢接受她的告白呢？」

「我接受了樂樂的『告白』喔。」我想了想，「只是，告白這種東西，只要說出口了對方聽到了，就已經成立；接下來的主動權轉而交付在對方手上，妳能理解嗎？就好比輪盤，在按下去的那瞬間妳已經完成了妳所能做的，接下來只能坦然接受結果而已。」

「……是可以理解你的說法啦，因為其實我也這麼想。但一般而言，如果告白後對方沒有順勢說那我們交往吧，就算失敗了，不是嗎？何況你還說了不能交往。」

「事實上，樂樂她，是說了她喜歡我，但她也說不要和我交往。」我苦笑。

「——我就知道她是個大笨蛋。」亮亮突然拍桌，「不對這是藉口！一般人的告白就是為了交往才對。」

「她只說是因為不想讓這種感覺卡在心裡。」

亮亮雙肩一鬆，「極品笨蛋——她……說不定是被我影響的。」

「其實我很慶幸她說不要交往，不然我真的不知道該怎麼辦才好。如果她提出了，我想我一定會答應。但是，那時的我們都還不成熟，如果交往了，很可能最後會因為雞毛蒜皮的事分手，然後再也見不到對方。」

「你高中時想法就這麼怪異了嗎？請恕我直言，剛剛那番話由一個快三十歲的男人說出口很正常，但如果是個高中生這麼想，那真的很怪異。我姊告白那時，你真的這麼想嗎？」

這種感觸是上大學之後才有的。

那時並不這麼覺得。

高中時的我，其實有某些理由沒辦法和她交往。

所以當我聽到她的告白時，非常懊惱。

請妳相信我，我真的非常非常、非常非常想對她說：啊，太好了，請跟我交往吧。

只是我身旁有著即使交往了也會容易產生誤會的原因。

這個原因嘛，就是我有個麻煩的表妹。

簡單來說，她是個很受歡迎的風雲人物，身邊的男生很多，不過她喜歡的那個人卻不在她的身邊，於是我被家長勒令假扮成她的男朋友，成為了擋箭牌。在那樣的情況下，任何跟我交往的女生，一定都會很困擾吧。

我表妹常常出現在百大高校美女那種比賽裡，所以我們學校多少也有人知道她，事情如果沒處理好，樂樂一定會誤會我劈腿，或者被閒言閒語影響而難過。妳不覺得嗎？

「不覺得。」亮亮雙手抱胸，她頓了一下，說道：「我覺得一個高中生不會想得這麼細。而且，喜歡一個人，無論如何都想跟對方在一起，這才是常理吧。」

「也許我是例外。」

「……也是啦，會看上我姊的人，本來就正常不到哪裡去。」

「喂……妳真是狠。」

亮亮狐疑地看著我，「那，大學時代呢？你發現我姊被她學長追去，難道都不會想搶回來嗎？」

我笑了笑，「想啊，但我不願意讓她為難。沒有必要。」

「沒有必要？你知道她被甩掉時有多慘嗎？而且對方直接是用你當理由甩掉她的！」

「我當然知道。妳說那個男生有寫信給妳對吧？他也有找過我。」我嘆了口氣，「我想，他就是不夠喜歡樂樂。不是因為我，也不是什麼什麼理由，只是不夠喜歡。也許就是因為我的存在，他才能清楚理解這件事吧。」

「為什麼我覺得你一點都不在意我姊被甩、情感受創的事？」

「我怎麼可能不在意呢？」我輕嘆著，「當年，知道學長跟樂樂表白的時候，我曾經想過，是我自己放棄了機會，也許我所能做的，就是默默的守護她。我對自己說，只要樂樂開心、覺得幸福就好，那份幸福即使不是我帶給她的，又有什麼關係呢？後來，當她和學長分手時，我恨不得馬上飛奔到她身邊，用我的雙手緊緊抱住她，但是樂樂那時的情況妳也看到了，她完全封閉了自己。我以為她剛結束一段感情，如果我貿然告白只會讓她害怕後退，但卻忘了另一種可能——也許她正需要我、需要有人能帶她脫離那種狀況——那是我第二次失敗。」

亮亮抿著唇，「那現在呢？你想清楚了？也覺得『時候到了』嗎？」

我搖搖頭，「我沒多想。我之前就是因為想太多才造成這樣的結果、讓她受傷。這次我要照著我的心意走，我想緊緊抓住樂樂，我要讓樂樂幸福，我要樂樂只看得見我一個人。」

亮亮沉默著。

我接著說道：「妳知道撿石頭理論吧？」

「就是撿了一顆會想著下一顆會不會更好的那個？」

「嗯，沒錯。如果可以，我想當她願意保留住的那顆石頭，當妳姊姊撿起我的時候，她會發現，在她手心的不是石頭而是寶石。因為最終獲得了寶石，所以即使之前撿過殘缺的、不漂亮的，甚至割傷手的，都已經不重要了——妳能理解我的話嗎？」

亮亮不知何時開始，眼中泛著水光。

「我能理解你的話。」她很快地從包包掏出手帕按按眼周，「但也同時能理解你有夠自戀以及有虐待狂傾向。為什麼不一開始就拉住我姊的手呢？這樣她就不用那麼辛苦了。」

我伸手握住亮亮的手，「我很後悔。對不起。我也不知道為什麼那時沒有勇氣，但現在不會了，我不會再鬆開她的手，我向妳保證。」

亮亮點點頭，淚水經過她的眼線形成黑色河流。

我拍拍她的手，比了比眼睛。

她毫不在意地笑了。

「楊在軒。」

「嗯。」

「我姊，就拜託你了。」

## 楊在軒的午茶時光之二

「真難得啊，在軒竟然想到要請媽媽我喝下午茶，太開心了。」

剛從美容沙龍過來的母親扯著誇張的笑容，身上還飄著淡淡的定型液味道，精心打扮整理的儀容、體面的穿著，讓人怎麼看都覺得是上流貴婦，難怪老爸總是在家裡也叫她「楊太太」。

「我點了雙人下午茶套餐。」

「這是第一次吧？我們母子倆這樣悠閒的一起喝茶。」

「如果您喜歡的話，以後再帶您來。」

「不用了，這種難消化的茶還是少喝為妙，這叫什麼？啊，我想起來了，這叫『鴻門宴』是吧。」楊太太的笑容真的是紋風不動啊，「詠婕的媽媽都跟我說了，你這個臭小子啊，竟然甩了人家。雖然說媽媽我也不是很喜歡她，但是你也太過分了吧。」

「我想在年底結婚。」杜絕嘮叨的最好方面就是直接進攻。

「什麼？！」果然發出了高八度的音調，不愧是楊太太，果然強大。

當然，我今天也做好了心理準備，「樂樂父母都過世很多年了，她應該不習慣跟長輩一起住，所以我們結婚後會住外面。不過會盡量選附近社區的房子，不會離家太遠。」

「等、等一下——楊在軒你這小子在說什麼？結、結婚？年底？跟樂樂？」楊太太拚命揮動雙手，「我怎麼什麼都聽不懂啊？你、你跟樂樂什麼時候開始交往的？問了你多少次，你不都說不是戀愛關係嗎？」

「上星期確認了，昨天也就是星期六我買了戒指，打算下週求婚。」我微笑地看著驚訝且激動的楊太太，「如果您反對的話，我就不求婚了。」

楊太太往椅背一靠，冷靜下來，「我反對你就放棄？」

「我是說，如果您反對，我就不求婚了。反正楊家有三個兒子，一個不結婚，還有兩個，不是嗎？」

「你的意思是說，我要是不接受樂樂，你這輩子就不結婚了？」

「大致上是這樣。」

「你這死小孩有沒有把你媽放在眼裡啊？」楊太太略帶惱怒地瞪著我，「一開場就這樣放話威脅你媽，像話嗎？你到底把你媽想成多差勁的人啊？」

「什麼意思？」

「你剛剛說的話，是認定了媽媽我不喜歡樂樂，不能接受樂樂，不是嗎？」楊太太哼了哼，「也太不了解你媽了。」

「樂樂不漂亮、不聰明、學歷不高、家世不好、不有錢，沒有一樣符合您的條件啊。」

「但是，樂樂在你身邊這麼多年——雖然你是我兒子，這麼說實在不太好——不過，世上除了樂樂大概再也沒有女人可以跟你相處這麼久了吧？」楊太太從皮包裡翻出手帕，裝模作樣地按按眼眶，「其實媽媽我一直等著你和樂樂能修成正果呢。」

「呃……那您還讓樂樂做相親幫兇……」

「你媽我是想刺激她一下嘛，誰知道那丫頭這麼遲鈍。」

「……也是，是滿遲鈍的。」我不禁笑出聲，「所以，我算是得到同意了嗎？」

楊太太佯怒，瞪著我，「是、是！都用終身不娶來威脅了，哪敢不同意啊。」

「謝謝您。」

「謝我做什麼，你爸那關還沒過呢？」

「您是楊家女王，您同意了，爸不敢有意見的。」

楊太太得意起來，「這倒是。」

「太好了，真的謝謝您。」總算放下心了。

「是說，你買了什麼樣的戒指給樂樂？」

「卡地亞的鑽戒——」

「什麼？！」楊太太顧不得在公眾場合，用力拍了一下桌，「你這死孩子長這麼大連顆綠豆都沒送過你媽現在竟然買名牌鑽戒給女孩子？！真是——」不得了，原來還可以再飆高八度，了不起！

「小聲點，形象，形象啊！」

「你是有這麼喜歡樂樂那丫頭嗎？！」

「喜歡，喜歡到就算明知會惹您生氣，也要買漂亮的戒指給她。」我伸手握住楊太太的手，「您會祝福我們的，對吧？」

「……那就要看看明年母親節我從你跟你老婆手上能收到卡地亞的什麼東西了。」

「——是說，卡地亞跟孫子，比較想要哪個？」

「這還用說嗎？當然是卡地亞！」

不愧是楊太太啊。

# 10

「幹嘛帶我來這裡？」

所謂的「這裡」，是我和楊在軒的高中母校。

更正確的說，是高中母校的操場。

十年來都沒變過，這地方還是一模一樣。操場邊緣一排排的鐵製長排座椅、空曠又毫無美感的司令台、矮圍牆邊種著反差很大的高瘦椰子樹、另一側的圍牆前生物社的小花圃還是寸草不生……

「這裡充滿紀念性，不是嗎？」楊在軒拉著我走向操場正中。

「可是，雖然是假日，但校警先生問都沒問就放我們進來，管理會不會太鬆散了啊？這樣行嗎？」

楊在軒大笑，「妳怎麼可以這麼不浪漫？」

「怎樣、有意見嗎？」

「沒有，我只是打從心裡佩服而已。」楊在軒執起我的手，換上感傷的口吻，「……走了這麼久，最後還是回來這裡。」

「嗯。」

「我從高中開始，就喜歡我們樂樂了喔。」

「有什麼用，明明就跟別的女生手牽手……」

「那是不得已的，妳也知道楊媽媽很可怕。」

「後來上大學時也默不吭聲不是嗎？我記得上大學後有一次問你丹楓小姐的事，你也沒解釋──」

「那時妳不是跟學長在一起嗎？就沒說了。」

「如果那時就說清楚，不是很好嗎？」愈想愈覺得這人很討厭。

楊在軒輕笑，「嗯、這樣就可以直接甩掉學長到我身邊了對吧。」

「誰像你啊，談戀愛是要負責任的，我才不會隨便拋棄別人。」

「為了樂樂，我可以一直拋棄別人喔。」

「你都不會有罪惡感嗎？」

「對別人沒心沒肺，只會對妳一個人好。」楊在軒握著我的手加重了力量，「我不能沒有妳，知道嗎？我並不是對戀愛中毒，而是對妳，中毒了。不用擔心，以後不會再有讓妳不安的事了，我保證。」

「真是很會說話。」我看看四周，「但是，不必專程回學校來說這些吧？」

「說得對。如果只是要說這些，確實不用專程回來。」

楊在軒忽然鬆開我，往後一站，朝向司令台的方面拍了拍手。

啪地一瞬間，全校的擴音喇叭突然同時響起。

Yeah you show me good loving, Make it alright.

Need a little sweetness in my life,

Sugar, Yes please,

Won't you come and put in down on me?

「這、這是——」

「我們有個開明又願意借場地的校長，不錯吧。」楊在軒用我所見過最好看的笑容迎向我，「這次，換我告白了。」

Sugar, Yes please,

Won't you come and put in down on me?

*The End*

# 後記

總算完稿了！

雖然第一句話應該要問候看完這篇故事的大家，但因寫後記前兩分鐘才剛剛完稿，所以還沉浸在「啊終於寫完了」的解脫感當中呢！畢竟真的寫了很久～很久，久到我自己都不好意思去看寫楔子的日期了。

在寫這篇故事的時候，受到了責任編輯（版權頁上有名字喔）很大的幫助，細心地指出我的不足之處，並且給予很棒的建議，真的非常感謝。還有總編大人及春天出版的伙伴們，如果沒有大家的協助，這部作品就無法順利面世呢。

關於楊在軒和余樂樂，我想說的是，愛情有時候正建立在「只有你/妳能看到、旁人無法察覺的光點」之上。不像小龍女而像小籠包的樂樂，為什麼能吸引到萬人迷楊在軒呢？正是因為楊在軒看見了旁人無法察覺、只屬於樂樂的魅力，因而想接近樂樂，這種情況，也算是一種命中註定吧。一開始寫的時候，想過是不是讓兩人最終分開才好，但又覺得人生不如意事太多，小說就不必那麼殘忍了，還是給個好結局才行（我偶爾也是會當好人的哈哈）。

最後，感謝買下這本書的你/妳，希望你/妳會喜歡。

袁晞

*All about Love／23*

初戀，NEVER END

國家圖書館出版品預行編目資料
初戀，NEVER END／袁晞 著.
—初版.—臺北市：春天出版國際, 2015.08
面；公分.—（All about Love ；23）
ISBN 978-986-5706-72-2（平裝）
857.7　　104009407


ISBN 978-986-5706-72-2
Printed in Taiwan


作　者　袁晞
總編輯　莊宜勳
企劃主編　鍾靈
責任編輯　黃郁潔
封面設計　三石設計

出版者　春天出版國際文化有限公司
地　址　台北市大安區忠孝東路四段303號4樓之1
電　話　02-7733-4070
傳　真　02-7733-4069
E－mail　frank.spring@msa.hinet.net
網　址　http://www.bookspring.com.tw
部落格　http://blog.pixnet.net/bookspring
郵政帳號　19705538
戶　名　春天出版國際文化有限公司
法律顧問　蕭顯忠律師事務所
出版日期　二〇一五年八月初版
　　　　　二〇二一年二月初版十七刷
定　價　180元

總經銷　楨德圖書事業有限公司
地　址　新北市新店區中興路2段196號8樓
電　話　02-8919-3186
傳　真　02-8914-5524